魔豆

魔豆

The Legend of Sun Knight

吾命騎士

拯救公主

vol. 3

御我——著
JIU.——插畫

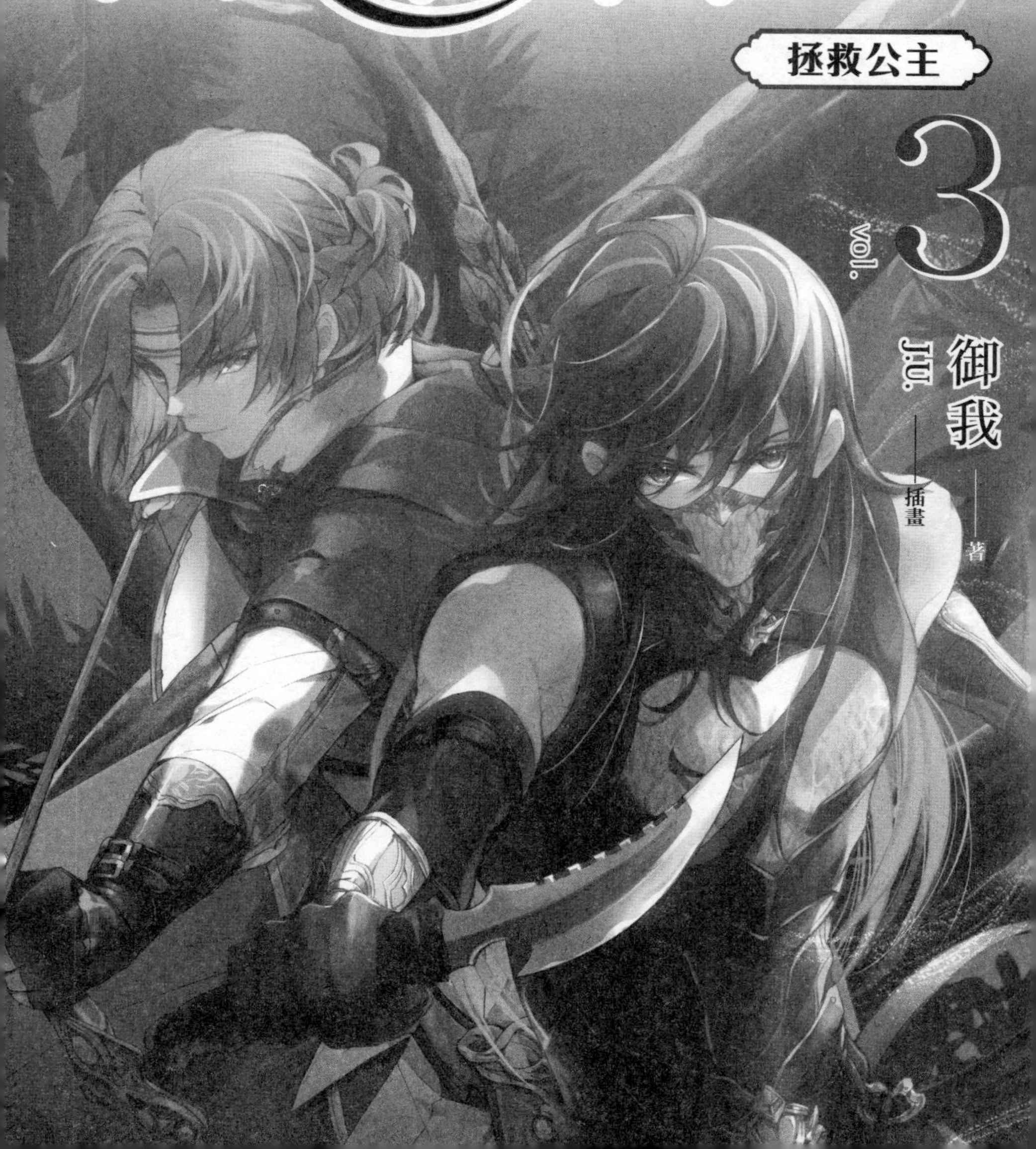

吾命騎士

vol. 3

目錄

楔子 騎士與劍的封印

兩名旅人走在鄉間道路上，連帽斗篷一深綠一灰白，因陽光炙熱，兩人都把斗篷帽子拉上，看不清面容，僅僅露出下巴和抿緊的唇線。

旅人們安靜地趕路。

直到迎面走來一支冒險隊伍，人數有五人，由於對方人多，兩人不爭道，站到一旁讓開路，讓這支冒險隊伍走過他們的身側，爲首的戰士對兩人微微點頭致意，雖然點頭幅度微小、略顯高傲，但他的態度落落大方，倒還不至於惹人厭惡。

這支冒險隊伍人不多，卻有兩個人非常惹眼。

這讓旅人不禁打量起這支隊伍，走在最前頭的戰士有一頭鬈曲黑髮，一身肌肉看來強健有力，走起路來卻一點都不笨重，步伐彈力十足，活像一匹敏捷黑豹。

走在戰士後方的人則更是吸睛，他有著耀眼如陽光的金髮，溫和可親的藍眼，燦爛的笑容和俊美的臉龐，讓人看得移不開眼。

當隊伍走遠後，深綠斗篷的旅人出聲讚歎：「好一支精神抖擻的隊伍！雖然不知道他們是什麼人，但肯定不是泛泛之輩，莫非是全大陸排行前十的冒險隊伍之一？你認爲是哪一支隊伍呢?」

灰白斗篷的人微微一笑，回答：「未必是有名的隊伍。」

「爲何這麼想?」深綠斗篷旅人有些詫異地詢問：「你覺得他們是徒有外表卻沒有實力的旅隊嗎?」

「那倒不是，只是因爲我在其中看見一個熟人。」

「熟人?」聞言，深綠斗篷旅人更是來了興趣。

灰白斗篷旅人點頭，說：「金髮藍眼的那一個是我的學生，而他絕不可能在任何大陸排行前十的冒險隊伍中。」

「你的學生?但你不是聖騎士嗎?」

深綠斗篷的旅人驚呼：「那人眞的是聖騎士嗎?但他看起來腳步虛浮，持劍的姿態乍看似乎相當優雅，實則沒有力道，令人很難相信是個有實力的持劍者，而那竟是你的學生?原先我還在猜測，他可能只是裝扮成騎士模樣，實際卻是那支隊伍要保護的對象，只是利用騎士的模樣混淆敵人呢!」

「……他眞的是聖騎士，還是最頂端的那一個。」灰白斗篷旅人聽得嘴角抽搐起來。

深綠斗篷旅人滿臉的狐疑神色。

灰白斗篷旅人尷尬地咳了好幾聲，解釋：「不過，那是因爲劍與盔甲並不是他的武器，而是他的封印。」

「封印？我無法明白你的意思。」

灰白斗篷旅人淡淡一笑，說：「如果讓一名魔法師手持長劍，穿著沉重的盔甲，那些裝備對他來說，難道會有任何助益嗎？」

聞言，深綠斗篷旅人似笑非笑地調侃：「身爲一名聖騎士，你卻教導出一名魔法師嗎？」

「那只是比喻！我的學生是名聖騎士——至少名義上是聖騎士。」

想到學生，灰白斗篷旅人感到十分頭疼。

深綠斗篷旅人看著隊伍離去的方向，想了一想，提議：「你的學生如此有意思，不如跟上去，暗中瞧瞧他們要做什麼吧？」

「不不，跟蹤是一定會被發現的。」

深綠斗篷旅人十分不以爲意，詢問：「爲何會被發現？這支隊伍沒有擅長潛伏追蹤的盜賊，只有一名弓箭手，以我倆的能力，應當不至於會被對方發現。」

灰白斗篷旅人笑著搖了搖頭，解釋：「雖然沒有盜賊，但卻有我的學生在，請相信我，吾友，我的學生除了騎士能力以外的事情都非常強！」

「但他卻是名騎士？」深綠斗篷旅人有些哭笑不得。

「是呀！幸虧他是名騎士……」

灰白斗篷旅人既是感嘆又是慶幸地說：「若不是騎士的身分以及手上的劍封印住他，我這學生到底能夠做出什麼樣的大事來，眞是讓人不免有些期待。」

另一名旅人不解地問：「既然期待，你又爲何要封印住他？」

「因爲，這個和平盛世不需要『大事』。」

「原來如此。」深綠斗篷旅人點了頭，再贊同不過。

灰白斗篷旅人遙望遠去的隊伍，帶著深意地說：「此外，我會如此堅持要將一名法師訓練成聖騎士，其實還有另一個重要的原因。」

見狀，深綠斗篷旅人也認眞起來，嚴肅地問：「到底是何原因讓你不得不如此？」

灰白斗篷旅人轉過身來，深深地看著自己的冒險夥伴，沉痛地解答。

「因爲當初，我忘記選候補騎士了！」

拯救公主第一要件

「消失的公主一名。」

陽光特別燦爛，連茂密的路樹都遮擋不了，光芒紛紛灑落在地面變成一朵朵金黃光團，鄉間小路散發著土壤與青草的新鮮氣味，身邊還有夥伴在高歌，眾人興高采烈——啪！

臭、蚊、子！

「啊！」

我花容失色地小聲尖叫了下，看見原本潔白無瑕的白手套上印著一枚血染的蚊子印，清楚到連蚊子有幾隻腳都數得出來，活像是紅色的蚊子標本。

只有帶三雙白手套，沒想到打個蚊子就報銷一雙！

「太陽騎士？」

一抬起頭就望見整支隊伍的人都看著我，除了綠葉騎士一如往常地帶著笑容，其餘的人都一臉莫名其妙的表情。

我立刻換上完美的笑容，回答：「是的，戰神之子閣下，敢問閣下是在光明神的提醒之下，有事欲找太陽商議嗎？」

「你剛才不是叫了？幹什麼叫？」戰神之子有點不耐煩地說：「還有，我不是說過叫我麥凱就好了，什麼閣下的，聽見就煩！」

「麥凱閣下，因今天陽光普照，灑落滿地的光輝，對此美景，太陽忍不住驚呼出聲，讚歎光明神對子民的慈愛，以祂的光輝製造出如此美景——」

麥凱聽得眉頭緊皺，一臉頭痛欲裂地吼：「閉嘴！」

「是的。」

我微笑閉上嘴，接下來就算自己到處亂吼亂跳，麥凱都不會想理我了。

不錯不錯，現在開始就可以一路都當個沉默的太陽騎士。

我一邊換上新的白手套一邊慶幸，至少自己接下來都不用開口說話，這樣就算有蚊子，也還在可以忍受的範圍之內……吧？

嗡嗡嗡、嗡嗡……

我皺著眉頭，對眼前的小黑點揮了揮手想趕走牠，但這隻死蚊子就是不肯走，在周圍慢悠悠地飛，一路飛到我的臉前——啪！

啊！第二雙。

啊啊啊！受不了啦！我那乾淨整齊的聖殿！沒有人會來的房間！滿地窖的葡萄酒！重點是，絕對沒有蚊子！

不，就算不是聖殿，只要是在葉芽城內，隨便一個地方都比這種滿是蚊蟲、大太陽、一堆外人和爛泥巴的地方要來得好。

但我偏偏就在這裡！

想到兩週前，自己還開開心心地在聖殿過活，努力賺退休金，等待四十歲一到，就可以風光退休……

♣♣♣

「鄰國的戰神之子要成婚，戰神殿特別邀請光明神殿出伴郎一名，身爲光明神的代言人，神殿的活動招牌，就麻煩太陽騎士您出差去當一次伴郎了。」

在教皇的書房之中，我看著笑容滿面的教皇，面無表情地問：「世界上有幾個戰神之子？」

「就一個。」教皇笑咪咪地回答。

「上次來跟我國公主求婚的那一個？」

教皇一個擊掌，「啊哈」一聲說：「就是那個沒錯，您眞聰明！」

「過獎。」我繼續面無表情地問：「但他不是剛走三天嗎？」

「是呀！」

「三天來得及回鄰國去求婚嗎？」

教皇兩手一攤，回答：「連兩國的國境線都還遠著吧！」

我無言以對，這教皇是不是最近太閒，找我來開開玩笑？我有點無力地問：「那他結什麼婚啊？」

教皇好整以暇地端起茶，露出「你眞是孤陋寡聞」的表情。

「人家有整座戰神殿可以幫他求婚，人不在國內根本不妨礙婚禮進行，反正月蘭國的女王准婚了，打算把她最大的女兒嫁給戰神之子，目前已經在準備婚禮，請帖也在『一週前』就發了，就差新郎、伴郎和各國賀禮還沒到而已。」

一週前？那不正是三人決鬥的隔一天嗎？

我簡直傻眼。有沒有搞錯啊！原來，戰神之子連候補新娘都準備好了，這國公主娶不到就娶別國的，反正都有個××公主的名號，××冠上什麼名詞都不要緊是吧？

眞是讓人嫉妒——是可恥他的爲人！

但搞不好那公主就是個有問題的滯銷品，所以月蘭國女王才把自己女兒賤價出清也說不一定！

我小心地求證：「那公主美嗎？」

教皇立刻豎起大拇指，難得稱讚：「月蘭國數一數二的大美女。」

我的臉扭曲了一下，十分期待地問：「她有隱疾？」

「健康活潑！」

「個性不佳？」

「人見人愛！」

我痛徹心腑啊！想不到，曾經有個百分百極品美女就在隔壁國，自己卻恍然無知，一晃眼，人家就快變成別人的老婆，連請帖都發好了，而且伴郎還是我！眼睜睜地看著美女嫁給別人，我心如刀絞地說：「美麗、健康、個性好，還是個有錢的公主，沒想到世界上居然有這種極品女人，你爲什麼不早點告訴我？」

教皇緩緩地放下茶，好整以暇地說：「冷靜點，太陽騎士長，別忘記你只能愛神不能愛女人，就算結婚，你也只能『忙碌於公事』而忽略嬌妻，這樣對人家太不公平了。」

「胡說八道！」我一口否決教皇的言論，義正辭嚴地說：「我可以每天花一小時忙碌於公事，再花一小時冷落她，然後把剩下的時間通通拿來愛她。」

「你剩下的時間也太多了一點……」

「哼！反正負責幫我處理一堆公事的暴風都沒抱怨了，輪不到你抱怨！」

「他沒抱怨？」教皇搖頭哀嘆：「你可眞是睜眼說瞎話，暴風騎士長怨氣沖天的程度都比魔獄騎士長還高了，你確定最近不出去避避風頭，以免半夜被他謀殺？」

我皺起眉頭，這麼說起來，最近在走廊看到暴風，他手上公文堆積的高度確實是要沖天了，半夜被謀殺好像真不是不可能的事情……

我打了個寒顫，立刻說：「我去！不過，我要帶審判一起去。」

「帶審判？」

一直從容不迫的教皇從椅子蹦起有一尺多高，用他的孩子嗓音尖叫：「你乾脆說要把整個聖殿都帶走算啦！」

說的也是，太陽騎士和審判騎士一起離開，聖殿就群龍無首了，真遇上事情連個指揮官都沒有。

我改變人選，說：「那我要帶暴風，帶他出去散心，看能不能沖淡他的怨氣。」

教皇瞬間否決：「聖殿可以沒太陽騎士，但不能沒暴風騎士。」

你……現在不跟你計較，先記在帳上，反正來日方長！我沒好氣地說：「那我帶亞戴爾總行了吧？」

教皇再次否決：「再說一次，太陽小隊可以沒有隊長，反正他們本來就等於沒有隊長，但不能沒有副隊長。」

這是什麼話？我一揚眉，正想堅持亞戴爾是我的副隊長，我想帶他去哪就去哪！

教皇補充：「再說了，雖然你的公務都交給暴風，但其實有三到五成又被他丟回給亞戴爾，若你要帶走對方，那就準備第十一次惹火暴風，接受他的冷不防報復吧。」

我屈服了。

「那我帶寒冰吧。」

教皇搖了搖頭，說：「寒冰不屬於溫暖好人派，你帶他一起出任務，一來說不過去，再來你帶走他，聖殿的飯後甜點讓誰負責啊？你想讓全聖殿沒甜點吃嗎？你想惹火全聖殿嗎？」

「不想……那我帶白雲總可以了吧？」

說到這，我已經有點惱怒了，這不行那不行的，明明都是我手底下的人，結果事到臨頭卻半個都不能帶，我到底還是不是聖殿之首啊？

「不行啊！」教皇一臉為難地解釋：「最近農民收穫不好，捐獻金跟著減少，為了節省經費，我剛解僱圖書館管理員，直接讓白雲去管圖書館了。反正他整天都窩在那裡，比圖書館管理員還清楚書的擺放位置，讓他去管圖書館正好，如果你帶他走，圖書館就變成廢墟了，連書在哪都找不到啊！」

我低頭苦思一陣後，才抬頭勉強地說：「那我帶孤月吧！」

「我沒意見，只要你能勸他離開情人將近一個月的話。」

「好……」我深呼吸一口氣，低吼：「好難啊！孤月把情人看得比他的命還重，我要他離開情人，他還不跟我拚命？」

教皇再認同不過地點頭。

我煩躁地走來走去，反問：「那我到底可以帶誰？告訴你，我死都不自己一個人去，誰知道戰神之子到底有沒有因爲上次的事情對我記恨在心，等等他想報仇怎麼辦？他可是連審判都說打不贏的傢伙！我才不要一個人去參加他的婚禮，還是在他的地盤上！」

教皇好心地提議：「你帶綠葉去吧！」

「綠葉？」我停下腳步，想了一想，有點掙扎地說：「可、可是綠葉他……」

「他是個好人啊！」

教皇有點奇怪地看著我，不解地問：「綠葉不但人好，又是個乖孩子，不會拒絕你各式各樣亂七八糟的要求，從跑腿買藍莓到出手幫你打狗都行，你還有什麼不滿？」

我抱怨地說：「可他是個弓箭手。」

教皇完全不解地問：「那又怎樣？你又不是沒見識過他的箭術，連審判都不見得敢說自己百分百能打贏他。」

「可我想帶用劍的人去。」我還是很掙扎，綠葉是很乖沒錯，但是……

教皇更是無法理解地說：「不是我要說，這年頭會用劍的職業多了去，騎士啊、戰士啊，哪個不會用劍？相較之下，弓箭手多了，你能帶個弓箭手去還不好好珍惜，居然嫌棄人家？」

我面無表情地快速說：「弓箭手不能當我的肉盾，不能幫我擋下近身決鬥，而且他的逃命速度肯定比我還快！我帶他幹什麼？」

「……」

教皇給了我一個大白眼，沒好氣地說：「我是叫你去當伴郎，不是叫你去逃命，就帶綠葉吧！」

「按照我最近的運氣，伴郎也須要逃命！」我十分堅定地說：「讓我帶魔獄，不然你就找別人去當伴郎吧！」

「魔獄？」

教皇皺緊眉頭，慢吞吞地說：「帶他不太好吧？他的『身分』畢竟敏感了一些，不太適合出現在婚禮這種喜氣洋洋的場合上，如果是葬禮就挺合適的。你就不怕他那身黑暗氣息被發現會有大麻煩？」

我「哼」了一聲，大無畏地說：「就算被人看出來，那我就說他之前臥底到渾沌神殿當闇騎士去了，所以才一身的黑暗氣息，如果這樣還解決不了，那就乾脆說他臥底臥到被渾沌神殿發現，所以被搞成『這樣』，但我們光明神殿絕不拋棄夥伴，所以還是接納他回來，既表揚光明神殿又順便罵渾沌神殿，一舉兩得！」

聽見這媲美「太陽騎士是個完人」的解釋，教皇聳聳肩說：「反正他是你的責任，你認爲沒問題就沒問題吧！」

既然教皇都沒意見了，我當然要趕緊去找魔獄騎士長，然後把他的行程預定下來。

要知道，羅蘭現在可是大紅人，想跟他切磋劍術的騎士都從聖殿排到王宮去了，其中很多人就連太陽騎士我都不敢惹，譬如審判騎士長啊、公主的未婚夫啊，甚至連國王的年輕心腹騎士都來參一腳。

最重要的是還有暴風騎士長，這一週來，因爲多出一個「人」可以幫他分擔公務，所以他每天都開心得不得了，沖天的怨氣不敢說減少，但至少沒繼續往上疊，甚至連黑眼圈都淡了好多！

如果他聽到我要帶魔獄走，不知道會有什麼表情？我思索了一下，還有亞戴爾在，他應該不至於會冷不防地報復我吧？

好，就帶魔獄騎士長。

一離開教皇的書房沒幾步路，我就遇上飄來飄去的白雲騎士長，這可眞難得，以前有事找他，找上個把小時才能找到人都算正常，不找他的時候更是永遠都看不到他，現在居然能一眼看到白雲，眞不知是好是壞……

「呃？」

白雲突然二話不說一把抓住我，飛快地飄過一整條走廊。

如果不是早知道白雲就是這麼會飄，我肯定以爲他在腳下裝輪子了，還在疑惑他飄就飄，沒事幹嘛抓住我一起飄的時候，我們已經飄完一條走廊。

不過，白雲到底要帶我去哪裡？

「白雲……」

我才剛開口呼喊，白雲已經有氣無力地舉起蒼白的右手，指了指前方走廊的拐角後，又在嘴前比出噤聲的手勢。

了解！我立刻閉上嘴，偷偷從拐角探頭出去，一眼看見魔獄騎士長和他的小隊。

雖然，魔獄騎士和他的小隊員在走廊上滯留也沒那麼奇怪，但當魔獄騎士站在一邊，他的小隊員卻與隊長相對而立，雙方彼此對望卻默然無語時，這情況就很奇怪了。

所有小隊員最前方的人是魔獄騎士長——不對！是魔獄小隊的副隊長，多年來一直都是這人在帶領魔獄小隊，讓我差點忘記他根本不是魔獄騎士，只是暫代其職的副隊長，他的名字是叫作、叫作什麼倫……車輪？

我回頭想問問白雲，卻發現自己身旁什麼人都沒有，嚇得冷汗滿身，差點以爲自己撞見白雲的靈魂，幸虧這裡是光明神殿，絕對不可能出現怨靈那種黑暗的東西，八成是白雲又無聲無息地飄走了。

「你是狄倫？」

這時，羅蘭率先開了口，順便提醒我，果然又記錯名字了。

狄倫點了點頭，語氣冷淡地回答：「是的，太龍騎士，我是狄倫。」

聽見「太龍騎士」這稱呼，我臉色大變，雖然其他魔獄小隊員聽見也皺起眉頭，但僅僅只是皺眉，神色並不是很驚訝，甚至沒有人反駁狄倫的稱謂不當。

羅蘭身為魔獄騎士，外人對他的稱呼大多是「魔獄騎士」，最多後面加上閣下之類的尊稱，而光明神殿的聖騎士和祭司則會叫他「魔獄騎士長」。

例如亞戴爾，作為我的副隊長，他一向都稱呼我為太陽騎士長，只有在比較不正式的場合中，他會用較為簡短的「隊長」來叫我。

簡言之，狄倫只能稱呼羅蘭為「魔獄騎士長」或者是「隊長」，就算他像外人一樣，只用「魔獄騎士」四個字都沒多大關係，頂多就是關係疏遠一點，但他卻稱呼羅蘭為太龍騎士。

這是同等地位的騎士，甚至是上對下的稱呼方式，這下子情況可不妙了！

難道魔獄小隊的副隊長想篡位嗎？我是不是該走出去罵罵他？

但一時的嚇阻恐怕沒有什麼用，由我來斥喝說不定還會造成反效果，讓魔獄小隊認爲羅蘭是狐假虎威，更不服他了，或許還是讓羅蘭自己解決比較好？

不過羅蘭眞有辦法解決嗎？我有點懷疑，畢竟聽伊力亞說過一些事，羅蘭在王室當騎士的時候，完全是個孤僻的傢伙，若不是如此，以他的實力，地位絕對不會那麼差。

羅蘭看起來非常平靜，似乎看不出雙方氣氛緊張，只是平鋪直敘地說：「那麼，你就是我的副隊長了？」

聞言，狄倫臉上出現一絲怒容，低吼：「你就如此理所當然？」

冷靜！狄倫你冷靜點！羅蘭沒什麼意思，他只是要確認你就是他的副隊長狄倫，而不是其他同名同姓的人而已，沒半點其他意味在裡面。

我躲在一旁，想幫羅蘭解釋，卻又不能就這麼跳出去，只有在原地乾著急，拿不定主意到底要不要出面幫忙。

羅蘭看著狄倫，由於他穿著太龍刺客裝，下半臉被面罩蒙住，眾人根本看不清楚他的神情，目前是有些小隊員略顯不滿，有些則皺眉擔心起衝突。

但我敢說羅蘭這傢伙肯定根本不知道發生什麼事了，面罩底下絕對是疑惑到不行的表情，我太了解他了！

羅蘭有些遲疑地開口回應：「的確是不太理所當然。」

狄倫冷哼了聲，「原來你也知道嗎？」

我翻了翻白眼。拜託，你們說的話根本是牛頭不對馬嘴。

羅蘭之所以會說這不太理所當然，完全是因爲他根本就不是眞正的魔獄騎士長；狄倫的不理所當然卻是指魔獄騎士長消失十多年，直到這時才突然冒出來，然後就從他手上搶走隊長的位子。

不行！我看不下去了，一腳踩出去，正打算出面幫羅蘭解圍時，卻突然瞄見一個熟悉的人影走過來，連忙把踏出半步的腳收回來。

那人出面的效果或許比我好得多。

「魔獄騎士長。」

亞戴爾對羅蘭行完禮，看向同樣是副隊長的狄倫，熟稔地打招呼：「狄倫，好久不見了，你近來可忙……」

話說到一半，亞戴爾發覺現場情況有異，他看了看羅蘭，又看了看站在相對位置的狄倫和魔獄小隊員們，原本輕鬆的臉色立刻沉了下去。

亞戴爾帶著指責的語氣對狄倫說：「狄倫，你這是在做什麼？難道你想踰越自己的本分嗎？」

眞不愧是我的副隊長，瞬間明白狀況，我當年眞是太有眼光了！

「亞戴爾。」聽見「本分」一詞，狄倫露出苦澀的表情，低喊：「這十年來，我一直都是魔獄騎士，現在突然——」

「是代理的魔獄騎士！」

亞戴爾完全不爲所動，反駁狄倫的話後冷酷地說：「你一開始就知道自己只是副隊長，隊長總有一天會回來，現在他回來了，完全是意料中的事情不是嗎？你有什麼好抱怨的呢？」

狄倫固執地說：「但我不知道原來魔獄騎士竟然是這麼怪異的人。」

「不要找藉口，狄倫，你從來就不是在乎外表的人，更何況……」

亞戴爾左右瞄了一下，才低聲說：「十二聖騎士中，難道還有哪個正常的嗎？」

「是呀！」後方的艾德突然插嘴說：「再怪也沒我家隊長怪！」

……我是不是眞的太久沒踹人下懸崖了？

眾魔獄小隊員不得不承認：「這倒是眞的！」

連狄倫都沉默了一下，才有辦法繼續抗辯：「至少太陽騎士長還會維持表面上的工夫，可你看看他的這身穿著，難道還不夠可疑嗎？」

聽見人家批評他的穿著，羅蘭保持沉默不語。

幸好沒人知道太陽騎士我也穿過這身衣服！我十分慶幸。

在狄倫的堅持下，亞戴爾看了看羅蘭的刺客裝，卻沒說什麼同意的話，只是繼續勸說：「看在我的面子上，你先將這一位看成眞正的隊長來對待。」

聞言，狄倫神色僵硬，正要反駁：「我不願——」

「一個月！」亞戴爾強硬打斷他的話，舉起一根食指，說：「就一個月！如果一個月後你還是認爲這一位不夠資格當魔獄騎士，不管你要怎麼做，我都站在你這邊！」

狄倫用懷疑的眼神看著亞戴爾。

亞戴爾輕咳一聲，用十足堅定的聲音高喊：「到時，就算是我們隊長命令我不准幫你說話，我還是會繼續站在你這邊！」

「喔！」眾人驚訝地高聲「喔」了一聲。

對此，狄倫也無話可說，有些掙扎地道：「但他連面容都不見人，我們甚至不知道他長什麼樣子！」

後方，艾德喃喃：「這又有什麼關係啊？魔獄騎士長只是沒有臉，我們隊長還不要臉呢！」

亞戴爾立刻回頭低吼：「艾德，不准再胡說八道了！」

艾德一臉無所謂地回答：「沒什麼關係吧？反正隊長也不在啊！」

「他在。」

沉默良久的羅蘭突然開口，一開口就讓現場陷入一片冷寂狀態。

艾德全身顫抖起來，卻還是故作輕鬆地乾笑道：「您、您別開玩笑了，魔獄騎士長，我剛剛才聽說教皇找了隊長去，所以隊長人不可能就在這裡，哈哈哈，這玩笑好笑、眞好笑啊！您眞幽默。」

聞言，羅蘭卻直接手往走廊轉角一比，直截了當地說：「他在那裡，從一開始就在了，只是不知道爲什麼不出來。」

「哈哈嗚……嗚嗚！」艾德難聽的笑聲立刻變成更難聽的哭聲，大聲哀號：「隊長～～您聽我解釋啊！」

我卻沒空理會他，陷入沉思之中。

亞戴爾成功勸服狄倫，給羅蘭一個月的「隊長試用期」，我倒是完全不擔心一個月以後的事情，以羅蘭的認眞和實力，肯定能讓狄倫無話可說。

眞正令人擔心的是，羅蘭要被試用一個月，那我要帶誰去月蘭國當伴郎啊？

我揪緊眉頭苦思，看來眞的只好帶綠葉去了，雖然他是弓箭手，但用劍的能力應該不會比我差吧？不過就算不比我差，說不定也好不到哪去，還是先打聽一下再說。

我走出躲藏的轉角處，用燦爛的微笑面對眾人，開口說：「見到眾兄弟站在光輝處交流光明神的仁愛，太陽頓感溫馨與愉悅，因此對自己必須打斷眾兄弟交流的舉動感到痛心疾首，啊！太陽眞當受光明神的責罰，但卻又不得如此作爲，只能請各位諒解，能讓亞戴爾離開這美好的交流，隨太陽離去，過後，太陽必在光明神的見證之下，與各位充分交流光明神的慈愛來致歉。」

艾德哭喪著臉問：「亞戴爾，隊長在說什麼呀？該不會是要宰了我吧？」

「不是，別再胡說八道了，隊長要我跟他走而已。」亞戴爾低聲解釋完，又立刻高聲回應：「是，隊長。」

我點點頭，擺著標準的太陽騎士笑容。

眾人皆是一臉聽不懂的驚恐，尤其是剛才不敬隊長的魔獄小隊，但發現我沒打算繼續開口說話，也沒追究剛才的事情，紛紛露出鬆一口氣的表情。

對眾人微笑道別後，我立刻轉身離開，甚至沒跟羅蘭說話，反正我現在講的話，他也聽不懂。

亞戴爾緊跟在後，走在離隊長兩步遠的地方。

一走到無人處，我轉身劈頭就問：「你老實說，綠葉騎士的用劍能力如何？」

聽到這麼古怪的問題，亞戴爾完全不吃驚，十分委婉地回答：「綠葉騎士的劍術應該比您好一點點。」

「不要跟我比！」我咬著牙要他換個參照物。

如果綠葉的劍術眞的只比我好一點點，那就是很爛。

我可不想因爲面子問題，帶個劍術很爛的傢伙去別國參加仇人的婚禮，這可是攸關自己會不會提早去見光明神的大事！

亞戴爾認眞回答：「是，綠葉騎士長的劍術算是很不錯的。」

這回答也太模糊，我皺著眉頭問：「比起你呢？」

「比我差上一些，但相距不大。」

喔！我鬆開眉頭，那就是眞的很不錯了，亞戴爾的劍術在聖殿排名少說也有前十吧！看來是可以安心帶綠葉去當伴郎了。

「隊長。」

「嗯？」我不怎麼經心地回答。

亞戴爾小心翼翼地說：「關於艾德剛說的話，您別放在心上，他一向口無遮攔，嘴巴動得比腦袋快，不見得眞有那個意思，您知道，他平常也是對您敬畏有加。」

喔！我露出燦爛的笑容，看向不知所措的亞戴爾，笑著說：「你不說，我都差點忘記這回事，既然副隊長你特地提醒我，那麼就趁太陽還沒出門前，快跟親愛的太陽小隊兄弟，來場如夏日陽光般燦爛且嚴酷的特訓吧！」

「……」

亞戴爾的表情看起來像是在跟全太陽小隊懺悔。

♣♣♣

「太陽？太陽？」

回過神來，一個小黑點從眼前飛過去，還帶著吵死人的嗡嗡聲，我二話不說揮出太陽騎士之右掌！

啪！

綠葉瞪大眼，呆呆地看著我。

我回過神，冷靜無比地把手掌從綠葉臉上「拔」下來，攤平手掌，對著被自己打了一個響亮巴掌的人解釋。

「有蚊子。」

綠葉低頭看著白手套上的紅色蚊子標本，我則觀察他的左臉頰，不但明顯發紅，還腫得老高，連嘴角都帶著血絲……說不定，我快要成為第一個成功激怒綠葉騎士的人了？

「原來如此。」

過了好一會後，綠葉抬起頭來，微笑道：「幸好太陽你幫我打蚊子，不然我的臉恐怕會被蚊子咬出一個腫包來。」

「……」

現在是沒被蚊子咬出腫包，不過你的半張臉就像個大腫包。

我溫和地微笑回應：「綠葉兄弟太客氣了，這是太陽身為同袍應該做的事情。」

「呵呵！」綠葉用手遮住頭頂上的陽光，讚歎：「今天陽光真燦爛，連太陽你的頭髮都被照得像金子一樣閃耀，可不可以給我幾根頭髮呢？」

「如果太陽沒有記錯，綠葉兄弟似乎已經拿過許多次太陽的頭髮了？」

「用掉了——不！是不小心弄掉了。」

綠葉露出十分抱歉的神情。

「原來如此，那麼太陽就一次給多一些吧！」

為了讓綠葉徹底忘記我打他一巴掌的事情，這次就慷慨一點吧！反正頭髮再長就有了，不是什麼珍貴的東西。

雖然綠葉老愛跟我拿頭髮這點實在很怪，戀童癖、戀物癖都聽說過，戀髮癖倒是真的挺少見的——喔不！其實不只是頭髮，他偶爾還會跟我要指甲。

由於他跟我要頭髮和指甲的時候，都是在我剛好做出一些可能會激怒他的事情，所以只好乖乖交出來。

我拿起手邊的太陽神劍，一把抽出劍後，就把亮閃的劍身往自己頭上削——

「太陽！你快要削掉你的腦袋了！」

綠葉驚嚇地大叫，立刻搶過我手上的劍，連連說道：「讓我來就好，拜託你以後千萬別拿劍對著自己，看得我差點嚇死。」

他一邊說一邊俐落地揮劍，我連一丁點感覺都沒有，他手上就已經拿著一小撮金髮了。

綠葉小心地收起頭髮，有些不安地問：「我多削了一點，應該沒有關係吧？我想之後的路途應該常常會用到——我是說，沿途陽光明媚，要常常拿出來照，一定很閃亮好看！」

我搖了搖頭表示完全不介意。現在看來，綠葉的劍術果真如亞戴爾說的那樣好，接下來的路途終於可以安心了，就算有事情發生也可以推綠葉去擋。

所以別說只是多削一點頭髮，就算把我削成短髮都沒關係，反正全大陸都知道的事情裡沒說太陽騎士一定得是長髮。

綠葉收起頭髮後，對著自己的腫臉施展治癒術，畢竟是皮外傷，雖然看起來嚴重，但只是一個最低階的治癒術，他的腫包臉就恢復平坦的狀態。

這時，我才猛然發現，周圍竟然沒人了，連忙問：「戰神之子閣下呢？」

綠葉仔細地解釋：「剛才戰神祭司發現前頭有人埋伏，所以麥凱帶人去偵查了，他走之前還說『弓箭手和祭司待在原地就好』，我又看你在發呆——在思考！所以我就留下來了。」

喔，原來如此。

等一下，弓箭手肯定是在指綠葉，他揹著那麼大把的弓和好幾壺的箭矢，只有瞎子才不知道他是個弓箭手，但祭司是在指誰？

我面無表情地左右看了看，戰神祭司果真不在，這裡就只有我跟綠葉而已。

我看著綠葉，綠葉也看著我，他委婉地解釋：「我想，麥凱大概是一時口誤，才把你說成祭司。」

他越解釋越小聲：「也可能是他誤會你的職業，嗯，或許是認爲會治癒術的人就是祭司吧？還是……」

綠葉苦著臉，眞說不出合理的解釋。

我在心中翻個大白眼，你也用過治癒術，他怎麼就不把你當成祭司？

這戰神之子分明就是故意的！

想當初，我和綠葉騎士風塵僕僕地抵達月蘭國的王宮，沒想到整座王宮籠罩在一片愁雲慘霧之中，害我差點以爲消息有誤，其實是要辦公主的葬禮，而不是婚禮，早知道應該帶魔獄騎士來才對。

戰神之子站在大廳的一旁，身邊連一個戰士都沒帶。

月蘭國的女王端坐在王位上，身子一動也不動——如果我穿著那身看起來比盔甲還重的禮服，我也會一動都不動。更何況，她的頭上還頂著一個看起來只適合拿來展覽，而不適合戴在頭上的王冠。

女王蒙著面紗，但面紗材質很薄，還是看得見五官，雖然她的女兒大得要出嫁了，但她的容貌看起來卻只有三十來歲的樣子，保養得十分不錯。

女王就和我國新任陛下一樣，幾乎不開口說話，保持著王者的威嚴。

而女王的能力顯然比國王更上一層樓，我們家國王至少都要使個眼色，他身旁的心腹騎士才會跳出來代替說話，但這個女王連眼睫毛都沒顫抖一下，站在王位兩邊的兩名女騎士就自動跳出一位，跟我們光明神殿一行人解釋起來。

女騎士說起話來頗爲咬文嚼字，重述實在麻煩，更何況，我聽完就隨機忘記了，也無法重述，所以就簡言之。

要嫁給戰神之子的公主被擄走了。

「公主被擄走了？」

表面上，我發出驚呼，心裡卻很懷疑，如果是王子被綁走也就算了，有些王子確實沒事就在到處亂跑，冒險、泡美女和決鬥樣樣都來，十分容易被綁架，但是什麼時候輪到大門不出、二門不邁的公主都可以被擄走了？

況且擄走一位公主殿下到底能做什麼呢？

要王位的話，在王子存在的前提之下，公主本來就沒有繼承權，綁她也沒用。

要美女的話，只要在城中晃兩圈，保證能找到比公主更漂亮的女人。

畢竟天下美女何其多，就算這名公主被人傳頌得多麼美麗，那也是在「眾家公主中」，眞要跟全天下的美女比，全大陸的公主可能都沒人排上前百名。

要錢的話，既然連公主都能綁走，乾脆直接打劫王宮的金庫不就好了？擄人勒贖多麻煩啊！一個不小心能被軍隊團團包圍，殺得骨灰都不剩。

所以一般來說，只有傳說中的魔王才會無聊到去綁架公主，而就我想來，魔王之所以要幹這種苦差事，不是忘記長腦袋，大概就是爲了增加自己的知名度。

該不會眞是讓魔王綁走的吧？但最近沒聽說過有魔王出現啊？

正滿腦子亂猜時，那一動也不動的月蘭女王開口說話：「太陽騎士，孤家有事請託。」

我立刻臉色一變，女王陛下都親自開口請求，那只代表一件事情——我要倒大楣了！

但就算知道會倒大楣，我還是不得不露出視死如歸的神色，嚴肅地說：「女王陛下，太陽若能給您帶來一絲一毫光明神的光輝，就當全力以赴。」

女王仍舊面無表情地說：「孤家請託你去救回我的女兒。」

聞言，我用狐疑的眼神看向一旁的戰神之子，只差沒直接開口說：你老婆被擄走關我屁事？

始終臭臉的戰神之子冷哼一聲，說：「沒辦法，營救公主的隊伍還缺個治癒用的祭司。」

幹，我是聖騎士！

拯救公主第二要件

「組一個冒險隊伍。」

去救公主是一個騎士的幸運，不但可以娶回有錢的美嬌娘，還可以順便打響自己的名聲。

但是去救別人的公主，那就是一個太陽騎士的不幸了。

不但要拚死拚活去救出有錢的美嬌娘，最後還得眼睜睜看著有錢美嬌娘嫁給別人，而且太陽騎士的名聲早就響亮得不須要再打響。

女王要求我去救她女兒，我只能回答自己要先跟光明神殿回報此事，以及商討如何營救，但光明神殿這麼遠，詢問來回一趟可能要問上幾個月也說不一定，到時別說黃花菜，公主可能都涼了，也就順理成章地不需要我去救援。

當天晚上，綠葉憂心忡忡地問我：「太陽，你會拒絕女王的請託吧？」

我深呼吸一口氣，正想開始講一堆光明神東光明神西的話時，綠葉苦笑說：「太陽，麻煩你用簡單一點的話來說，我解讀的功力沒有暴風和亞戴爾好，可能會聽不懂你在說什麼。」

我鬆了一口氣，簡單明瞭地解釋：「事情太奇怪了，公主被人擄走，女王不派人搜索或者營救，卻讓我們組冒險隊去救人，這麼沒效率的方法不像是心急女兒安危的母親會做的事情。」

綠葉點頭同意。

「再來，就算要組冒險隊伍，戰神殿多得是戰士，戰神之子可是一個連審判都說打不贏的人，他自己組隊去救老婆不就好了，為什麼非要我們去不可？我們是擅長群戰的騎士，在一支小冒險隊中，可以發揮的功能還不如戰士。」

至於戰神之子說缺一個治癒用的祭司，我當作沒有聽到！

綠葉想了一想，有點不確定地說：「會不會是要對付不死生物呢？」

聞言，我皺了下眉頭。對付不死生物？這倒是有可能，雖然不死生物的弱點很明顯，它們非常害怕聖光，但戰士可是連一丁點聖光都發不出來，只能乖乖把不死生物敲到粉身碎骨為止，所以再英勇的戰士一提到不死生物，照樣一個頭兩個大。

我遲疑地說：「我也不清楚。」

綠葉也遲疑地說：「如果是對付不死生物，那我們就有責任加入這支小隊了，畢竟對抗不死生物是光明神殿的職責。」

準確來說，對抗所有黑暗生物都是光明神殿的職責，絕對義不容辭！當然，有付錢的話，聖騎士們有錢吃飯，支援的速度會比較快一點。

我皺了皺眉頭，反問：「帶來的聖騎士中，除了我們兩個以外，層級最高的還有誰？」

綠葉邊回想邊細數：「我們帶來的人有聖騎士三十名和祭司十名，聖騎士中層級較高的有太陽小隊成員兩名、審判小隊成員一名、綠葉小隊成員兩名和大地小隊成員兩名……」

我一口決定：「好！就派大地小隊成員和一名祭司跟著那支冒險隊伍去救公主！」

「……」綠葉無言地看著我。

戰神之子不是說要祭司嗎？就給他祭司，再加上一名大地小隊成員去保護祭司，足夠誠意了，畢竟女王陛下沒說會付錢。

即使是女王，也不能強迫光明神殿的太陽騎士支援！

這時，敲門聲響起，我不意外地看了門口一眼，淡淡地說：「大概是女王派來的說客，綠葉，接下來你別說話。」

綠葉騎士是個好人，本來就不會拒絕人，尤其是營救公主或對抗不死生物的合理請求，所以最好的應對方法就是讓他假裝沒有半點話語權。

綠葉早就習慣了，非常乖巧地點頭後閉嘴，接下來誰都別想讓他說話。

我整理儀容，掛上笑容，十分有禮地高喊：「雖不知門外是哪位兄弟，但太陽秉持光明神的博愛，對任何兄弟都表達歡迎，絕不閉鎖門戶表達拒絕。」

門沒鎖，自己進來，如果聽不懂意思，不進來會更好。

可惜門還是開了，走進來的人頓時讓整個房間都亮了起來，來的人不是兄弟，而是個女孩，她穿著十分清爽的淡藍色禮服，臉頰就像是蜜桃般粉嫩可愛，一雙綠色眼睛像陽光下的湖面般閃耀水嫩，嘴唇也粉得像兩片花瓣，雖然整個人就像個十八歲左右的女孩，但是身材卻凹凸有致，尤其是細得簡直不堪一握的腰。

總之，眼前的女孩雖說不上什麼絕世美女，卻絕對能納入美女的行列，而且還是充滿青春氣息的小美女！

這時，女孩羞答答地開口說：「你好，太陽騎士，綠葉騎士，我是月蘭國的第二公主，安．安．納利斯．潔兒菲．月黎……」

安，眞是個簡單好記的好名字！

「安公主，您好，我乃光明神的代言者，太陽騎士。」

我帶著完美的笑容介紹完自己，連帶介紹綠葉，「這是我的兄弟，光明神座下十二聖騎士之一的綠葉騎士。」

綠葉保持閉嘴，只微笑對公主行了個禮。

「太陽騎士，綠葉騎士，很高興認識你們。」

安公主拉起裙襬行禮致意，回完禮後，她突然非常失禮地衝上來抓住我的手臂，哀求：「請你們一定要幫助我的姊姊愛麗絲！」

我震驚之下，「忘記」掙脫公主的手，驚呼：「太陽不明白，公主這話是何解？

莫非愛麗絲公主有危難？」

「愛麗絲姊姊就是戰神之子的未婚妻，她、她被人擄走，至今下落不明！」

這時，安公主驚覺自己的動作不妥，連忙放開我的手，後退幾步後低垂下頭，一副懸淚欲泣的模樣，哀傷地說：「我非常擔心愛麗絲姊姊的安危，所以請求母后讓我加入尋找姊姊的冒險隊伍，母后也答應了，只是……」

「只是什麼呢？」

我關心地踏近一步，聞到一股淡香。

安沒注意到距離，未再後退，仍舊低著頭很爲難地說：「只是……」

「只是什麼呢？公主殿下？」

我又踏近一步，這時，我和公主之間只隔著她的蓬蓬裙襬而已，一個深呼吸就能從她的長髮聞到一股十分清爽的水蜜桃味道，果然是個水蜜桃般的女孩！

安終於開口解釋：「只是母后說一位公主混在一堆戰士中，未免太不成體統了，如果我想去，一定要有騎士護衛在身旁才可以，所以母后今天才要求您去，可是我聽說您好像不願意前去的樣子？」

說到此，安抬起頭來，雙目隱含淚光看著我，湖泊綠的雙眼中閃著殷殷的期盼。

我微笑地回答：「沒有那回事，公主殿下，護衛公主是騎士的職責，哪怕是天涯海角，只要有光明神照耀的地方，太陽都能護衛您前去。」

「太好了！我現在就去跟母后說。」

安破涕爲笑，大概是太興奮了，還差點被自己的裙襬絆倒，她高興地蹦蹦跳跳走到門口，這才回頭一笑。

「期待和您一起冒險喔，太陽騎士。」

我笑著揮手道別。

我也好期待呀！可愛的安公主。

公主關上房門後，我一個回頭，綠葉正看著我，我回看著他，我倆對看十幾秒後，他就默默地去整理行囊。

眞是個安靜又善解人意的乖孩子。

♣♣♣

這就是我堂堂太陽騎士會在這種充滿蚊子的荒郊野外的完整經過——啪！

幸好還沒有換手套，我一隻手掌攤平，用另一隻手輕輕把那具新鮮的標本彈掉。

綠葉帶著擔憂的神色問：「太陽，麥凱他們遲遲沒有回來，我們要不要追上去看看？」

我皺眉，實在有點懶得追上去，畢竟是戰神之子，實力堪比審判，沒那麼容易出問題吧？但又怕他們眞的出了什麼問題，到時可就難收拾了，左思右想之下，乾脆用感應屬性的能力探查——什麼？你說早忘記那是什麼能力？

好吧，距離我上次用這能力的時間的確有點久遠，現在再解釋一次，千萬不要再忘了。

這個世界充滿各式各樣的屬性，不管是森林、城市、人類，甚至是不死生物都充斥著屬性，一般來說，人事物是由許多不同種類的屬性組成，只有在特殊狀況下，某種屬性會特別強烈。

舉例來說，不死生物的「黑暗」屬性會非常濃烈，相反地，我這個太陽騎士就有很高的「神聖」或被稱爲「光」屬性，因爲光屬性能夠制衡黑暗屬性，所以我本身就是不死生物的天敵，對它們來說，我的頭髮到血液全都是致命毒物。

而我天生就有感應屬性的特殊能力，這種能力稱爲「感知」，感知能力很少見，可說是種天賦，雖然可以後天學習，不過後天學習的成效有限。

感知可以讓我察覺到對方帶著什麼屬性，然後透過屬性來判別對方的職業，舉例來說，帶著濃烈光屬性的人不是光明神祭司，不然就是聖騎士。

戰士則普遍火屬性和風屬性偏高一些，但比起專修火系或風系魔法的魔法師又來得低多了，所以還是很容易判別出兩者的不同。

偏重力量的戰士多半是火屬性，偏重速度的多半是風屬性，至於那個戰神之子可就厲害了，他的火和風屬性都高得嚇人，幾乎是魔法師才會有的程度。

什麼？你說想起我這能力來了，還記得當初我老師警告過不要在旁人面前用這種能力？

咳咳！反正旁邊只有綠葉，他是個好人，所以沒關係！

我把感知往四面八方伸展出去……

「啊！他們回來了。」綠葉輕呼一聲。

雖然我沒有看見任何人，但是綠葉身為弓箭手，他的眼力和耳力都極好，既然他這麼說，那就是眞的回來了。

正想把感知收回來時，我卻發現某個方向居然有黑暗屬性的東西。

該不會是不死生物吧？這眞讓人苦惱，如果是的話，那作為痛恨不死生物的太陽騎士，我非得追上去消滅它不可——等等，這個黑暗屬性的東西旁邊居然還有光屬性存在？

這是什麼情況？一般來說，這兩種屬性相剋，應該不會聚在一起，濃度還這麼高，顯然很不對勁，更讓我苦惱了。

「太陽、太陽？」綠葉喊了幾聲，跟著看向我注視的方向，疑惑地問：「你爲什麼回頭看？後面有什麼東西嗎？」

我沉默了一下，微笑道：「綠葉兄弟，光明神透過典籍來教誨我們，要時時注意身後，或許有遺落的黑暗需要被照亮。」

換綠葉沉默了，我想他應該聽不懂這話是在說什麼，因爲我也不懂。

只是我已經聽到戰神之子他們回來的聲響，所以要換回「全大陸都知道」太陽騎士說話三句不離光明神的模式，順便轉移綠葉的注意力，免得無法解釋感知的事情。

至於剛才感覺到的黑暗屬性和光屬性……

老師曾經教誨過我，不可以在其他人面前使用感知能力，既然不能用，那我就不會知道遠處有黑暗屬性的東西存在，既然不知道，當然就不能追上去探查了！

「麥凱、安公主、奧斯頓，你們回來了……呃？」綠葉十分果斷地放棄思考那句話的意思，改向回來的三個人熱情地打招呼。

砰！

我嚇了一跳，轉頭看才發現地上躺著一具動物的屍體，大小和一個人差不多，周圍灰塵飛揚，可想見丟過來的力道有多大。

「哈哈哈！我還以為你只會微笑，不會有別的表情，原來太陽騎士也會嚇到嗎？」

一名女戰士從鄉間道路旁的草叢間跳出來，捧腹大笑，一舉一動都充滿活力，不知是剛才的打獵運動，或者是笑得太激烈，她的臉上紅撲撲的，更像一顆蜜桃了。

沒錯，這個穿著盔甲、背後揹著兩把單手斧，而且火屬性特高的女戰士就是之前剛提到的小美女，安公主。

我微笑，倒不是很介意安剛剛說的話，我非常確信，剛才就算是意外嚇到的狀況，絕對也是很優雅的嚇到反應，對太陽騎士的形象沒有任何損害。

反正全大陸都知道的事情裡，可沒有太陽騎士不會被嚇到這一項。

見我如此平靜，安低聲咕噥了句，大約是「眞無趣」之類的話吧，然後她轉向綠葉，有些嗔怒地喊：「艾梅，不是說過叫我安就好了嗎？你肯直接叫麥凱的名字，就不肯叫我的名字嗎？」

「其實我叫作艾爾梅瑞，不過算了，總比草莓好聽多了。」

綠葉朝我丟來一個無奈的眼神，繼續對安說：「我知道了，那以後便叫妳安吧。」

以戰神之子和公主的身分來說，直接稱呼對方的名字可不是件合乎禮節的事情，但我說過綠葉是個好人，所以他不會拒絕任何不過分的要求，就算我總把他的名字記成草莓，還用這個名稱喊他，他無奈之餘還是照樣回應我的呼喊。

綠葉突然驚呼：「奧斯頓，你受傷了？」

戰神之子麥凱和他的戰神祭司走出草叢，年紀較長的戰神祭司，也就是綠葉口中的奧斯頓，他的右邊袖子只剩半截，而且上頭還血跡斑斑，幸好手還在，不然就麻煩了。

「我幫你治療吧！」綠葉十分好心地走上前去，隨手拋出一個初階治療術。

我微微笑著說：「綠葉兄弟，太陽唯恐兄弟方才施予的光明神的慈愛光輝是不足的，否則，奧斯頓兄弟即可自行因戰神的垂愛而痊癒。」

聞言，綠葉愣了一下，解讀完後恍然大悟地贊同：「你說的對，如果初級治癒術就能治得好，那奧斯頓自己療傷就好了，也不用拖到回來。」

說完後，他憂心忡忡地問：「奧斯頓，你的傷勢很嚴重嗎？骨頭是裂了還是斷了？如果只是裂開，用中階治癒術就可以了，如果是斷掉的話，恐怕要讓太陽施展高階治癒術。」

奧斯頓嘆道：「恐怕是斷了，這都怪我自己太不注意，看到稀奇的藥草就忘記跟上隊伍，結果被地上這頭動物襲擊的時候，我離麥凱和安太遠，才讓他們兩人來不及阻止。」

居然眞斷了，早知道就不出言提醒，但就算不提醒，最後治癒的工作也會落到我身上，因爲綠葉施展高級治癒術是很吃力的。

雖然我也很吃力，要唸一堆頌讚光明神的話，有夠累人。

至於戰神祭司作為一名祭司，為什麼不自己施展治癒術呢？

我也很想叫他自己施展，可惜戰神祭司非常不擅長治癒術，治癒能力可能還比不上聖騎士，當然這是指普通聖騎士，而不是和我比較，如果要和我比，就連光明神祭司都不如一個聖騎士。

這和信仰的神祇有很大的關係，治癒術屬於光屬性神術，信仰光明神的祭司和聖騎士當然渾身是「光」，施展起治癒術來，比其他信仰要容易得多。

此外，兩者的主修能力也不同，由於戰神信仰崇尚強者，戰神祭司的主修能力大多是增強和防禦神術，之前我曾用過的神翼術和聖光護體就是光明體系的增強和防禦神術。

內心碎碎唸解釋的同時，我的嘴也沒閒著，早就唸出一長串頌讚光明神的廢話。

「光明神的垂愛讓祂的子民得以生存在溫暖與關懷之中，更能使傷痛與悲哀遠離祂的子民，啊！敬愛的光明神啊！現在您的子民需要您的光輝，請將您的慈愛灑落大地，賜予子民高級治癒術！」

一道白色光芒籠罩住奧斯頓的手，沒幾秒後就散去了。

「完全痊癒了，真是感謝您，太陽騎士。」奧斯頓動了動受傷的手後，露出有些驚奇的神色，然後十分溫文有禮地道謝。

這時，麥凱冷哼一聲，嘲諷道：「傳言中，太陽騎士神術強悍，結果施展個治癒術也這麼麻煩，廢話連篇，沒想像中強嘛！」

聞言，我沒什麼反應，只是微笑以對，剛唸了一長串頌讚光明神的廢話，導致現在已經寧願忽略戰神之子的輕視言論，也不想再開口回應。

綠葉苦笑了起來。

安笑咪咪地說：「有戰神之子、有我、有戰神殿最厲害的祭司，還有弓箭手和光明神祭司，哇喔！說不定我們這支冒險隊伍都可以去屠龍了耶？」

我是聖騎士！

綠葉為難地提醒：「我們是要去救愛麗絲公主，不是屠龍，安，妳不會忘記了吧？妳不是很擔心妳的姊姊嗎？」

安一愣，連忙說：「我當然擔心姊姊了，只是開個玩笑而已，你太嚴肅了吧，艾梅。」

「原來如此，真是對不起，我誤會妳的意思了。」

綠葉摸著後腦勺傻笑，暗地卻拋了一眼過來。

我也感到疑惑，這個安在出發前看起來還很擔心姊姊的模樣，現在卻全變了，到底是怎麼回事呢？

「好了，我們趕路吧，今天得要趕到預定的湖邊才行。」

奧斯頓開口說話，眾人點頭附議，作爲隊伍中最年長者，他有著隊長的沉穩姿態，雖然年紀看來也沒多老，大約三十來歲，但在我們這夥二十來歲的人之中，年長十歲的他也夠資格當長輩了。

由於路程落後，麥凱和奧斯頓更決議今夜不睡，直接連趕兩天的路。

等、等一下，趕整整兩天的路？我的臉扭曲了一下。

綠葉看了我一眼後，連忙提議：「還是應該睡一下比較好吧？畢竟精神好才有體力趕路，如果遇上危險，也有力氣戰鬥。」

「紮營太浪費時間，我們落後很多了。」麥凱不耐煩地說：「區區兩天而已，對我們來說根本不算什麼！」

綠葉思索了下，很委婉地說：「可是還有安和奧斯頓，他們是女人和祭司，恐怕沒有體力撐兩天。」

聞言，安立刻橫眉豎目起來，麥凱冷哼一聲，彷彿在看無知小兒般看著綠葉。

麥凱冷冷地說：「女人又怎麼樣？安可是戰神殿數一數二的戰士，她的體力絕對不比你低，不然你以爲我會願意帶上一個累贅？」

奧斯頓也溫文微笑地說：「艾爾梅瑞，你別擔心我這個祭司，平時我常常鍛鍊身體，兩天是沒有問題的。」

「呃……」

綠葉眞找不出藉口了，偷瞄我好幾眼，最後還是妥協同意，因爲他是個好人，不得拒絕任何合理要求。

趕路去救公主，絕對合理。

我更不能開口說不行，連女人和祭司都應下來，我堂堂太陽騎士能說自己撐不下去，不要趕兩天的路嗎？

在大多數人同意，少數人也不得不妥協之下，我們開始死命趕路，雖然不是用跑的，不過大家似乎都腿太長，跨一步出去幾乎都是常人的一點五倍，跨步速度又快，其實也就等同平常人的跑步。

這簡直是累死我了！雖然這次出行只穿著輕盔甲，但就算是輕甲，整套下來也有十幾公斤重啊！更別提還要加上太陽神劍的重量。

從早上跑到中午，匆匆吃過肉乾和麵包、喘幾口氣後，我果斷把行李和太陽神劍丟給綠葉。

接下來又是整個下午的跑步，直到晚餐時分，吃過飯後稍微休息消化一下，又開始跑了……

一整天下來，我汗濕整件衣服，濕衣又被風吹乾，然後再次汗濕全身，乾了又濕濕了又乾，不斷重複這個過程，深深覺得自己流了一整年份的汗。

這時，我已經落到隊伍的最後，綠葉特地慢下腳步與我並肩跑，他的表情看來十分擔憂，低聲問：「太陽，你還好嗎？」

我氣喘吁吁，全身無處不痠痛，幾乎是從牙縫中擠出話來。

「不好！」

聞言，綠葉打量我的慘況，輕嘆一口氣，提議：「我揹你吧，你在我背上稍微睡一下，睡醒再下來繼續跑。」

「綠葉！」我十分激動地握住他的雙手，感動地說：「就算現在是晚上，沒有光明神的見證，你還是個好人！」

綠葉無奈地笑了笑，在我面前蹲下，將舒服的床——不！是他的背朝向我，說了句：「上來吧。」

我怕他反悔，立刻跳上他的背，努力想調整個舒服的姿勢，這並不容易，因爲綠葉是精瘦型的，沒多少肉，怎麼躺都沒有軟綿綿的床舒服。

接著，綠葉開跑了，爲了趕上隊伍，他跑得很快，顛簸挺大，讓我有點不滿意，但如果跟綠葉抱怨，我怕自己會激怒一個好人，所以還是忍耐吧！

當綠葉趕上隊伍時，其他三人看向我們，反應十分一致，先是一個錯愕和難以置信，接著就對我投來鄙視的眼神，順便再送幾個同情的眼神給綠葉。

「你、他……」安驚訝到都結巴了，遲疑地不知該說什麼。

綠葉難得強硬地打斷三人的質疑。「我們快走吧，否則連夜趕路就失去意義了。」

三人沉默了，期間不知道瞪了我多少眼，眼中帶著濃濃的鄙視。

大家都在跑步，我卻讓人揹，這的確讓人有點不好意思，不過如果要我下來繼續無止盡地跑步，我還是寧願丟臉丟到死，也絕對不要跑步跑到死！

反正沒有人規定太陽騎士一定要會跑步，或者是太陽騎士不可以讓人揹。

「好，現在就走。」麥凱冷笑地說：「只是你可要撐住了，如果撐不住，我們可沒人會幫你揹『那玩意兒』。」

看來，麥凱似乎不認爲綠葉可以揹著我跑一天，但他錯了，雖然戰士的戰鬥能力是很強沒錯，然而真要說到持續力，哪個職業都不能跟聖騎士比！

什麼？那我呢？

咳！聖騎士也是有分種類的，我的種類是持續力比較不好的那種，但發出聖光的持續力可就無人能比，連教皇老頭都不敢說敢跟我比——不准說我是祭司！我是聖騎士！

總之，接下來又是無聊得要死的長跑，相信大家也不想聽這段描述，而且我也沒辦法描述，因爲我整整睡了二十四小時。

沒辦法，綠葉說睡醒就得下來跑步，我只好努力睡它個二十四小時，睡得腰痠背痛，眞是辛苦死我了。

當我清醒的時候，隊伍已經到達一座湖邊，結束兩天長跑，要開始紮營了。

拯救公主第三要件

「冒險旅程展開。」

「太陽，醒醒，要紮營了。」

我夢見自己躺在剛下過雨的濕草地，正不舒服地想要施展火焰魔法烤乾草地時，就恍恍惚惚地被綠葉叫醒，他把我放到石頭上坐好，等稍微清醒後，我才發現綠葉全身都濕透了，原來那片濕草地就是綠葉！

幸好他有叫醒我，不然就算是一個好人，被烤成三分熟也會冒出怒火吧？

這時，奧斯頓正在分派工作。

「麥凱，你和安去打獵，大夥都累了，吃點新鮮的肉對於恢復體力很有幫助。」

麥凱點了點頭。

眞不知道這個奧斯頓是什麼身分，居然直呼麥凱的名字？我有點疑惑，在戰神殿，就算是最高位階的戰神祭司，地位還是比戰神之子低，直呼戰神之子的名字也太失禮。

麥凱和安接到任務就立刻氣勢洶洶地去打獵，奧斯頓則留在原地繼續發派任務，他轉頭禮貌地問綠葉：「艾爾梅瑞，可以請你幫忙生火和煮食嗎？」

綠葉笑著點頭說：「沒有問題。」

「那我來搭帳篷。」奧斯頓說完後又看向我，溫和地說：「太陽騎士，你負責撿柴，可以嗎？」

「好的。」

我應下，正要跟綠葉打聲招呼後起身去森林撿柴，林中正好傳來幾聲狼嚎，我和綠葉同時看向叢林，夜晚的叢林暗到不可視物的地步，草叢偶爾會略動一動，不知裡頭藏著什麼動物，時不時還傳來各種動物嚎叫。

綠葉臉色一變，憂心忡忡地轉頭跟我說：「還是我去撿柴吧，太陽，你在這裡生火，等我回來再動手煮食物。」

我當然點頭同意，但不是害怕剛才的狼嚎，只要脫離有人的地方，我就可以大用特用魔法，處理掉幾匹狼根本不是問題，哼哼，狼可沒辦法抗議太陽騎士用魔法是犯規。

我真正怕的東西是蚊子！行李裡就只剩下一雙手套，再報銷的話，我、我就得去脫綠葉的手套了！

綠葉繼續提醒：「那奧斯頓就麻煩你照顧了。」

聽到這話，我瞄到奧斯頓浮現古怪的神色，大概不認爲我有能力保護他。

綠葉的離開速度就沒前兩個人那麼迅疾，他先在周圍撿一小堆樹枝，再拿出備用的弓弦，綁在樹枝的兩端，又把枯枝乾葉堆好，接著又撿了更多樹枝……

這過程說起來繁複，說穿了就是他在幫忙準備所有生火必需的事物，我只要負責把他弄好的生火工具搓一搓就好了。

最後，他將綁上弓弦的樹枝遞給我，有點憂慮地問：「太陽，你會用生火器具吧？就是這樣將弓弦在另外一根樹枝上扭轉一圈，然後開始前後搓它，沒問題吧？」

有時候，我眞覺得綠葉活像溫暖好人派的老媽一樣，而殘酷冰塊組的老媽是寒冰，前者囉唆又喜歡幫人把所有瑣事都安排好，後者則默默塞來各種甜點麵包不養肥你不罷休，兩個人合起來就是一個完美的老媽。

看在綠葉揹我二十四小時的份上，我點了點頭，開口回答：「請綠葉兄弟不必煩憂，即使夜晚沒有光明神的垂愛，太陽仍不會辜負綠葉兄弟的期盼。」

綠葉點了點頭，一邊離開還一邊回頭看了三次，才眞的走進森林中。

目送綠葉離開以後，我低頭看著手上的生火工具，眞的覺得這行爲有點蠢，明明只要發個火焰魔法，別說生火，就是造成森林大火都夠了，偏偏有個戰神祭司在這裡，逼我不得不遵守太陽騎士的本分，不會魔法！

不能用魔法，我只好認命地拿著生火工具，深呼吸一口氣後，我搓我搓我搓搓搓……爲什麼一點煙都沒有！手臂好痠痛，眞的好想發動魔法啊！

不行，奧斯頓正盯著我，雖然我很疑惑，他爲什麼可以一邊快速搭帳篷，一邊用雙眼死盯著我？戰神祭司會這種技能算不算犯規呀？

我繼續搓搓搓，有一點煙了！加把勁，我搓——煙煙起、起……熄滅了。

「……」我這輩子從不曾這麼期望可以施展火焰魔法。

但還是不行，因爲奧斯頓盯著我，該死！他就不能認眞搭帳篷嗎？或者尿急離開一下？就算是抬頭看看天空，欣賞一下星星都行啊！只要給我一秒鐘，一秒鐘就夠我發出火焰魔法來燃燒面前這些枯枝。

可他偏偏死盯著我不放！

這時，奧斯頓已經搭好一頂帳篷，但他並沒有繼續搭第二頂，而是放下手上搭帳篷的工具。

太好了！他終於尿急了嗎？

他沒有走去森林，反而緩緩走到我身邊，伸出手來，微笑卻無奈地說：「太陽騎士，請讓我來生火吧！」

我默默把生火工具遞給奧斯頓，然後報復性盯著他不放，既然我不能用魔法，那你也別想偷偷用魔法來生火！祭司也不可以會火焰魔法！

只見他從容不迫地搓了幾下，煙冒出來，再搓搓，火花也出現，又搓搓搓，火直接生起來了。

……那個生火工具一定跟我有仇！

生完火，奧斯頓撿了幾根樹枝，幾下子就架起烤肉要用的架子。

雖然綠葉是最後一個出去，卻第一個回來了，看見奧斯頓在給火堆添柴火防止熄滅，他愣了一愣，趕緊把撿回來的柴火拿到小火堆旁，一邊添加柴火，一邊說：「辛苦了，奧斯頓，眞是不好意思麻煩你了。」

奧斯頓微笑以對，說道：「不要緊，生個火而已，看來太陽騎士似乎不常出來冒險。」

「如果我沒記錯的話，太陽還是第一次離開葉芽城吧？」綠葉一邊添柴火，一邊轉頭看我，問：「對吧？」

我保持著臉上完美的笑容，點了點頭。

「原來如此。」奧斯頓露出恍然大悟的神色。

綠葉連忙更進一步解釋：「太陽身爲聖殿之首，事務繁忙，別說葉芽城，他都沒有多少時間可以離開聖殿。」

奧斯頓微笑地說：「那和我們倒是有所不同，麥凱是最高決策人，但是需要他做決定的大事並不多，麥凱在平常時候比較像個精神領袖。」

其實聖殿也是這樣，我平常是沒什麼事情要做，就算有公文也會丟給暴風去做，只有需要太陽騎士本人出面時，我才會去做，就像這次不得不來參加王室婚禮。

「原來是這樣，難怪你們都叫他麥凱，我們十二聖騎士很少被人直呼姓名。」綠葉看了看我，說：「尤其是太陽騎士長，除了審判騎士長和教皇陛下，很少人會直呼他的眞名。」

奧斯頓笑著解釋：「戰神殿也沒有幾個人敢直呼戰神之子的名字，安是和麥凱一起長大的青梅竹馬，所以她私底下就直接叫麥凱，但在公眾場合還是會尊稱戰神之子，至於我也能直呼他的名字，則是因爲麥凱是我的兒子。」

聞言，我和綠葉瞬間瞪大眼，但一下子就釋懷了，雖然奧斯頓看起來只有三十幾歲，但說不定是用魔法維持的，實際不知道幾歲了，因爲我的老師和教皇都這麼做，也沒什麼好奇怪的。

綠葉有些好奇地問：「請問你今年到底是多大年紀呢？」

「三十五歲。」奧斯頓說出與他外表十足符合的年紀。

「……」我倆都無言了，綠葉立刻抓到重點，又問：「那麥凱是幾歲呢？」

「二十一歲。」

雖然戰神之子的年紀比我還小兩歲，這點讓人有點驚訝，不過更嚇人的是三十五減二十一不就等於十四嗎？加上十月懷胎的時間，意思就是說，眼前這男人居然在十三歲的時候就有了小孩嗎？

十三歲就跟女人那個這個，我還以爲這是貴族的專利呢！什麼時候連應該潔身自愛的祭司也這麼猛了？

奧斯頓眨了眨眼，說：「對了，這是祕密喔，不可以說出去。」

我和綠葉臉色有些古怪，把祕密說給其他神殿的人知道，這未免太隨便了點吧？

看到我們的表情，奧斯頓爽朗地笑出來，笑容看起來倒眞的和戰神之子很相似，他笑了好一陣子後才開始解釋。

「這在戰神殿是個公開的祕密，隨便打聽一下就知道了，雖然大家都知道，但不會去戳破，所以你們不用那麼在意。」

原來如此，就跟「太陽騎士是個完人」差不多，雖然大家都知道世界上沒有完人，但卻還是這麼相信。

這時，不遠處的樹林響起窸窸窣窣的聲音，我們三人一同看向森林，但神色並不緊張，因爲這裡離森林深處還有段距離，對我們這種實力的冒險隊伍來說，這種地方根本不會比在神殿危險。

果不其然，麥凱和安從樹叢間走出來，麥凱的肩上還掛著一隻半死不活的狼。

一走到營地，他把狼遞給安，後者帶著莫名的喜悅表情扛過狼屍，走到湖邊去，看來是去料理這隻「晚餐」了。

麥凱看了看現場的狀況，皺著眉頭問：「怎麼帳篷還沒有搭好？」

奧斯頓微微一笑，解釋：「對不起，我手腳太慢了。」

聞言，麥凱露出古怪的神色，我可以理解，剛才奧斯頓搭起一頂帳篷只花了五分鐘，又用不到一分鐘的時間生了把火，再用一分鐘架起烤肉架，只能用手腳超級俐落快速來形容他。

想必麥凱也十分熟悉自家父親的敏捷，所以才露出感到古怪的神色。

麥凱倒也沒有深究，逕自從自己包袱中拿出一只鍋子，動手將一根長樹枝穿過鍋子的兩只鍋耳準備煮食，期間，奧斯頓和綠葉不時搭幾句話聊天，麥凱偶爾會插話回應。

我對三個男人的談話沒什麼興趣，轉頭看向湖邊，我對於一名嬌滴滴的美女——雖然她穿盔甲又扛著兩把單手斧——到底要如何料理那頭半人高的大狼，倒是更有興趣。

一轉過去正好看見那頭狼被丟上半空，安不愧是火屬性充沛的戰士，力量強悍得不得了，這麼大隻的狼，她卻好像在扔一塊小石頭，隨隨便便就丟得老高。

丟完狼，安反手抽出兩把單手斧，這時，狼已經落到兩人高左右的位置，安強勁地一跳，跳到狼的高度，「刷刷刷」幾聲，黑夜之中，只見兩條銀光快速劃出幾道光芒，狼解體分成十幾塊，紛紛掉落地面。

我甚至還聽到「咚」的聲音，像是一大團糾結物體掉在地上，因為天色昏暗，看不太清楚，但也猜得出來，那應該是一團內臟吧。

分解完畢，安哼著輕快的小曲兒，動作不失優雅地蹲坐在湖邊，先用單手斧繼續把狼剁成更適合食用的小塊，過程血肉橫飛，剁完肉堆成一座肉山，她又從一團粉白內臟中拉出一條又紅又白的長條狀物體繼續清洗……

這時，我決定還是轉頭回來看三個男人聊天好了。

「不知道究竟是誰抓走愛麗絲公主呢？」

這時，綠葉正疑惑又憂心地說：「希望抓走公主的人可要善待她才好。」

奧斯頓低聲祈禱「願戰神護佑公主」後，開口解釋：「其實我們所知也不多，那人神不知鬼不覺就帶走公主，等到王室發現，現場只遺留下一封信。」

同時，他把那封信拿出來，原本要遞給綠葉，但看見我有在注意談話，他又將信拐個彎遞給我，眞是十分注重禮節的人。

我說了句「願光明神的光輝眷顧愛麗絲公主」後，接過信件開始閱讀，綠葉知道我現在不喜歡講話，他索性湊上來一起閱讀，以免我等等還得解釋給他聽，然後他還聽不懂解釋。

信件內容很簡單，威脅利誘擄人勒贖的內容——通通都沒有，只是簡單地說明綁匪把公主帶走，若想要公主安然回去，就不准集結軍隊或者發布懸賞通告，只能讓戰神之子親自組冒險隊前來追捕，若能打敗他，就能夠帶回公主，若不照做就再也別想見到公主殿下。

這人的目的該不會不是公主，而是針對戰神之子的陰謀吧？我有點懷疑，否則爲何要限定讓戰神之子組隊前來？

但話說回來，如果目標是戰神之子，與其組隊不如限定戰神之子獨自前去，爲什麼卻說要組隊呢？

或許是擔心規定只能單獨一人，戰神之子就不肯去了吧？畢竟他的身分可比一位公主還高，戰神殿絕不可能同意戰神之子孤身前往營救。

如果這信件是眞的，那女王會逼迫我和綠葉前來也就不奇怪了。

說不定要我們兩人一同前來，就是戰神殿答應讓戰神之子救援公主的條件。

讓太陽騎士和綠葉騎士一同前來有許多好處。

一是我們身爲十二聖騎士，實力必定高人一等，再加上戰神之子本人的武力值，對方要派出能夠傷到我們的人都不容易，至少我們一定能拖到戰神殿前來營救。

二來，綁匪若眞有什麼陰謀，過程中傷到我和綠葉，會連光明神殿一起激怒……

咕嚕！

思考到我的肚子都餓了，幸好沒叫得很大聲，我將信件遞回給奧斯頓，有點疑惑地問：「太陽才疏學淺，看不出信中何處指出公主的餘暉所在，但戰神的子民卻不曾對未來的道路有所遲疑，莫非已經得到戰神的耳語？」

看到眾人有聽沒有懂的表情，綠葉連忙解釋：「太陽的意思是，信上沒有寫要去哪裡找公主，可是你們好像並不猶豫該往哪個方向追。」

這時，安正好捧著一堆肉塊走回營地，插嘴解釋：「那是因爲，我們月蘭國的王室成員身上都帶著可以被追蹤的魔法物件。」

我點了點頭，綠葉恍然大悟地說：「原來如此。」

雖然還有很多疑惑，但不適合現在直接提出來質問，只好先壓在心裡，日後再暗中試探。

接下來的時間，綠葉烤起肉，奧斯頓則用鍋子燉著一團通紅糾結的內臟，看到那鍋紅白之物，我和綠葉都露出異樣的神色。

看見我們的神色，奧斯頓笑笑地說：「內臟是很有營養的，吃了可以讓身體強健喔！」

相較於他把內臟丟進鍋裡，加點水和鹽就完事的烹飪手法，綠葉在烤肉上花的工夫可多了，他拿出一整盒調味料，鹽巴和胡椒是最基本的，但除了這兩瓶，盒子裡頭起碼還有十個罐子。

安、奧斯頓與麥凱都看得眼花撩亂，麥凱忍不住開口問：「這些是什麼東西？」

綠葉有些吃驚地回答：「調味料啊！沒有調味料該怎麼吃呢？」

他從盒子中拿出調味料，一邊把調味料撒到烤肉上，一邊解說：「這個是迷迭香粉末，可以去除肉腥，等到肉塊要烤好的時候，再撒上苦艾、胡椒和鹽就可以吃了。唔，還是不要撒胡椒，改用大蒜粉呢？雖然苦艾的防腐效果不錯，吃不完的肉可以帶上路，幾天都不會壞掉，不過，檸檬馬鞭草能增進食慾和促進消化，你們比較喜歡哪種呢？」

綠葉有些苦惱，索性轉頭問眾人，眾人瞪大眼，一句話也回答不出來。

我則習以爲常了，雖然綠葉沒有寒冰那麼會做菜，卻是個調味料愛好者，他連吃麵包都要撒兩種以上的調味料，所以沒有它們，綠葉搞不好會活活餓死也說不定。

但調味料這種東西可不便宜，他絕大部分薪水都花在買那些上，也因此，綠葉堪稱十二聖騎中的一級貧戶，窮得只要聖殿的廚房哪天公休，他就沒飯吃的地步。

還好就算沒飯吃，也有寒冰的甜點可以果腹。

雖然寒冰每次看到綠葉在他的甜點上撒調味料，表情就冷到像冰——不對，寒冰平時就是冰塊臉，這應該怎麼形容呢？

嗯，大概就是一副「不用加調味料也可以把綠葉生吃了」的表情。

「不要苦艾。」我簡短回答。

綠葉笑了笑，說道：「差點忘了，太陽你最討厭苦艾的那點苦味，那就用檸檬馬鞭草吧？」

我無可無不可地點了點頭，其實根本不懂檸檬馬鞭草是什麼東西，就連苦艾是什麼味道也說不上來，只是有那個「苦」字，這種調味料就成了我的永久拒絕往來戶。

綠葉對烤肉撒完調味料後還不肯罷休，他看著那鍋內臟思索，又從盒子拿出一罐造型精緻的瓶子，一邊小心翼翼地撒進那鍋內臟湯，一邊對眾人說：「這是番紅花，很貴的調味料，不過拿來燉湯是最棒的了。」

三人似懂非懂地點了點頭，甚至帶點不以爲然，似乎覺得撒不撒都無所謂，只要不是撒毒藥就好，呵呵！我在心中笑了下。

烤肉熟了，內臟湯也差不多燉好了，三人有的咬下一口烤肉，有的舀起一匙湯，還有人吞著滑溜的內臟，接著臉色齊齊一變。

幸好，這頓晚餐沒有用防腐效果好的苦艾，因爲根本沒有剩下的肉需要防腐。

綠葉當這麼久的一級貧戶可不是沒有理由的！

♣♣♣

在這種叢林中，一定得有人負責守夜，吃完晚餐後，在奧斯頓的安排之下，負責守第一班的人是我和綠葉，接下來是麥凱獨自一人，最後一班是安和奧斯頓。

當其他三人走進別頂帳篷後，我低聲對綠葉說：「綠葉，這裡並不怎麼危險，你不妨靠著石頭睡一下，我一個人警戒就可以了。」

綠葉嚇了一跳，有點不敢相信地打量著我，見我是認真的，他才笑著說：「好，那我先睡一會，等等再換你睡吧！」

我若有所思地說：「不用了，我想自己得忙上很久，你睡吧。」

綠葉露出不解的眼神看著我。

我催促道：「有得睡還不好嗎？快睡吧。」

綠葉搔了搔臉，終究還是沒有進帳篷，直接靠在大石頭邊睡。

過二十分鐘後，我想著帳篷內的三人應該都睡著了，立刻低聲試探：「綠葉、綠葉你睡著了嗎？」

綠葉震了一下，立刻張開眼睛，發現四周沒有狀況後，他疑惑地問：「太陽，怎麼了嗎？」

「原來你還沒睡著。」我認真地吩咐：「要是你睡著的話，記得告訴我一聲。」

「……」

綠葉又閉上眼睛，低聲咕噥：「我睡著了。」

「喔，那就好。」我點了點頭，理所當然地說：「既然睡著了，那就不知道我在幹什麼了吧。」

「……」

我走進帳篷從行李中掏出一堆瓶瓶罐罐，這可不是調味料，而是面膜原料。

被綠葉揹之前，已經走了一天的路程，雖然我盡量走有樹蔭的地方，還是不免曬到很多陽光，要是不即時敷面膜補救，以後得花上更多工夫來美白了。

況且我還流了一身的汗，晚上又沒有洗澡，明天肯定臭得不能聞，身爲完美優雅的太陽騎士，身上發出惡臭的話，那還叫作太陽騎士嗎？乾脆改名叫作太臭騎士吧！

所以，洗澡和敷面膜絕對是必要的！

但爲了塞進沐浴粉和面膜，我的行李光是外表就足足比麥凱他們大了一倍，若不是出門前塞了些到綠葉那裡，恐怕光是拿起行李，我就會放棄出門，哪怕安再可愛都沒有用！

可想到現在的狀況，趕路、曬整天的太陽、不能用魔法生火，再加上天天要敷面膜補救白皙皮膚，這些就夠讓我後悔爲什麼一時「安」迷心竅，竟然答應出來冒險。

雖然十分後悔，但我終究得出來冒險一趟，不是因爲安很可愛，而是我曾經答應過老師，一定會出來冒險一次！

當老師的課程教到完美的太陽騎士該如何進行優雅的野外求生這一項，我光是聽到每天一定要敷美白面膜，當面膜用完時，如何在野外找到面膜原料、如何優雅地生火、如何優雅地趕路、如何優雅地露天洗澡……我差點都要哭出來了。

老師看我一臉快哭的表情，他微笑道：「孩子，這是必要的課程，身爲聖騎士，將來也許免不了要出門冒險，而太陽騎士就算是在隊員都髒亂不堪、渾身惡臭，幾乎像個野人的時候，還是要非常優雅！」

我抗議：「老師，難道『全大陸都知道』太陽騎士是冒險家嗎？如果沒有的話，那太陽騎士就不用出門冒險吧？」

那是我第一次質疑老師，這讓老師愣了一愣，思索許久後無奈地說：「好像確實沒有人知道太陽騎士是不是冒險家，想不到你竟然這麼討厭冒險課程嗎？那好吧，你可以不用學習這門課程。」

讚美光明神的仁慈！我感動得無以復加，生平頭一次眞心頌讚光明神。

我的老師嘆了口氣，說：「你再這樣下去，眞的會變成殿男。」

「老師，什麼是殿男？」

「就是整天窩在聖殿不出去，只會偷偷從窗戶看隔壁光明殿的女祭司，卻不敢上去搭訕的男騎士！每到假日，你可以去靠近光明殿的那條走廊看看，窗邊趴著滿滿的殿男呀！你不想以後變成那個樣子吧？」

我有點爲難地呑呑吐吐：「我、我覺得那個樣子也不錯呀？」

老師勃然大怒，說：「你這個沒出息的傢伙，你老師我的情人沒有一百也有五十個，身爲我的學生，你居然想當殿男？不行！你現在就對著光明神發誓，將來你一定會離開聖殿去冒險，否則我就把靠近光明殿的走廊窗戶全都封死，然後公告全聖殿，我是爲了你才把窗戶封死，看看你會有什麼下場！」

「……」

當時，爲了避免全聖殿的殿男都來報復我，我不得已對光明神起誓，一定會出來冒險。

可沒想到這才第一次出門，我就滿腦子想回聖殿去，現在只能期待趕快找到愛麗絲公主，好讓我早日回聖殿當殿男。

我一邊調面膜一邊在心中哀求光明神，快讓我回聖殿去服侍您吧！

調好面膜，我走向湖邊，想要敷臉洗澡兩不誤，但一靠近湖泊，卻突然感覺不對，不遠處的樹叢間竟然有個火屬性高漲的東西，照理說，樹叢應該是木屬性和水屬性最高，火屬性反而應該是最少的。

我扭頭一看，正好看見樹叢間有一雙鮮紅的眼，正思考要不要呼喊綠葉時，那鮮紅眼睛的東西就跳出樹叢，竟是一頭魔狼。

魔狼的外形頗像狼和狗，只是頭上多出三隻紅色的角，也因此被叫作「魔狼」或者「魔犬」，牠是魔獸的一種。

所謂的魔獸，就是會使用魔法的獸類，大家所熟悉的龍也是魔獸，等級屬於最高階的超稀有魔獸。

魔狼等級並不高，牠的體型比一般的狼略大，靈活度則好上許多，還可以透過頭上的角發出火球傷害敵人，對一般人頗有威脅性。

森林外圍居然有魔獸？雖然只是低階的魔狼，但要是跑出去傷到旅人就不好了。正思索該怎麼做時，這匹魔狼就朝我撲過來。

我左手拿著面膜盆，右手朝魔狼一伸，一道冷藍色寒風朝魔狼吹去，這是水屬性魔法的分支，冰凍魔法。

顧名思義，就是能將對手變成一個大冰塊的魔法，這招是向寒冰偷學來的，畢竟他也很忙，不能老是做藍莓刨冰給我吃，有時熱得受不了，只好自立自強，努力學會冰凍魔法，自己做刨冰吃。

魔狼對我吐出火焰，火也確實剋冰，但那是在雙方實力差不多時，火才能剋冰，而現在雙方的實力差距可大了。

呵！我冷笑地看著魔狼的火被寒氣撲滅，氣得放棄魔法，撲過來想直接使用武力，卻在半空中又中一記冰凍魔法，瞬間結凍變成一塊冰，「咚」的一聲掉到地上。

嗤！

這是踩斷樹枝的聲音？我警覺地轉身一看。

「綠葉？」

綠葉正盯著我看，他抱歉地笑笑解釋：「我感覺到異狀就醒了。」

說話的同時，他看著地上的冰凍魔狼。

我認眞地說：「這隻魔狼突然衝出來，衝得太快，踩到石頭，摔了一跤，就這麼摔死了。」

「……」綠葉無言了一下，試著提醒：「但牠被凍住了。」

「喔！」我恍然大悟，搖頭感嘆道：「牠臨死之前，大概是不想落到被人吃進肚子的下場，所以就用魔法把自己冰起來。」

綠葉又沉默了，但他沒繼續問「火屬性的魔狼會冰凍魔法嗎」或者是「冰起來還是可以解凍來吃呀」這類實際的問題，只是瞄了一眼我手上的面膜盆，無奈地說：「原來如此，既然沒事的話，我繼續去睡覺了。」

「快睡吧，睡眠不足是美容的大忌。」

「什麼？」

我露出燦爛的笑容說：「我說，睡眠不足就沒力氣去救回公主了。」

綠葉點了點頭，乖乖回到營地中，繼續靠在大石頭邊睡覺。

我終於有時間悠哉地洗澡敷面膜，等一切完成後與麥凱交班，招呼綠葉回帳篷繼續睡美容覺。

接下來幾天的生活就是不斷重複這過程。

要趕路，我就爬上綠葉的背，睡個二十四到四十八小時不等；要紮營，我就負責發呆；要守夜，就是敷面膜和洗澡的時間。

除了蚊子太多、天天敷面膜很麻煩、沒有寒冰的飯後甜點，以及白天睡太多導致晚上睡不著這幾點外，我突然覺得這樣的冒險生活也算沒什麼好挑剔了。

吃晚飯時，聽綠葉說起在趕路途中曾遇到強盜，還有其他冒險隊想調戲安，甚至有魔獸來襲，不過，這些事件通通都被麥凱和安在一照面時就清理掉了，所以根本沒驚醒我。

據說，那些強盜連開場詞都來不及說就去見光明……見戰神。

冒險隊則是在安一腳踹倒一棵兩人合抱粗的大樹後逃得無影無蹤。

魔獸只要能吃就通通變成晚餐。

我一邊吃著魔獸的肉，一邊聽綠葉講白天發生的事情，同時忽略戰神殿三人組不停發放鄙視我的目光。

嗯，其實冒險生活也沒我想像的那麼糟糕嘛！

拯救公主第四要件

「冒險必備怪物——很有型的壞人。」

連趕一週多的路程後，我們再次紮營了，但今晚的氣氛卻一反以往晚餐時間的放鬆，顯得有點壓抑。

「我們趕路的速度根本無人能及，為什麼這麼久都還追不上？」

麥凱終於忍不住開口質疑安，雖然是青梅竹馬，但他的語氣還是很不高興。

綠葉身為一名騎士，有著「公主永遠都是對的」的高尚精神，所以他一句話也不說，不過光是看他沒開口幫安解圍，就知道他也開始起疑心了。

而我基本上已經有三天沒公開說過話，大家都習慣太陽騎士暫時變成啞巴了。

面對眾人的質疑，安只留「等我一下」這句話後就走進樹林裡，好一陣子後才重新走出來，對眾人宣布：「我們已經很接近了，但是我也不知道確切的距離。」

看來能夠追蹤公主的東西就在安身上，只是她不願意讓我們知道是哪樣東西，所以才走進森林裡操作。

聽見這種模糊的答案，麥凱仍舊很不滿意。

安連忙溫聲安慰：「麥凱，真的很近了，再沒多久一定可以趕上的！」

麥凱勉為其難地點了點頭，不在這話題繼續糾纏下去。

晚上睡覺時，我翻來覆去卻依舊睡不著，這也難怪，睡了二十四小時，直到傍晚才醒來吃晚飯，如果晚上還睡得著，我就要開始懷疑自己可能和豬有親戚關係。

輾轉反側之下，我乾脆走出帳篷，睡了這麼多天，還是出去活動一下筋骨吧，否則繼續這樣吃飽睡睡飽吃，可能會導致無法挽救的後果——變胖！

正在守夜的麥凱回頭一看，我對他笑了一笑後，逕自走入森林，他目光冷冷，完全沒有出聲詢問或者阻攔的意思，看來眞是夠鄙視我了。

走進森林，我用感知的能力確定附近沒有人後，從口袋掏出一塊龍形徽飾，將它壓在自己的胸膛上，低聲喊：「龍的聖衣啊，我以龍的傳人之名，命令你，發動！」

黑色的緊身衣瞬間從胸膛擴散到全身，只在下半臉和要害處布滿鱗片銀甲，即使是銀甲部分，在黑夜中也不會閃耀，反而能融入陰影之中。

我低頭乍一看，只見到一片漆黑，差點以爲身體消失了，眞是嚇死人，粉紅給的東西果然不簡單！

……

「雖然我下過命令，讓你不能隨便開口說話，不過這個命令還是取消吧。」

我無奈了，竟然連「無言」都能讓人察覺，規定它不能說話好像也沒什麼意義。

是的，主上。

接下來，我挑中附近最高的樹，直接爬上去。

換上龍的聖衣後，爬樹簡直易如反掌，甚至都不算爬，只是抓住樹幹凸出的部分，腳再一蹬就能往上移動，沒多久，我就抵達大樹的最頂端。

先低頭觀察周圍地形起伏，又看了看頂上星空，找到印象中的星座，記妥位置後爬下樹，在泥土地畫出剛才所觀察的地形和星座位置……

果然沒錯。我冷笑了一聲。

主上，有人正運用感知的能力在窺伺您。

我嚇了一跳，向來只有自己用感知偷窺別人，現在居然有人在偷窺我？我連忙問：「從哪個方向偷看？」

在下不知情。主上，窺伺者將感知收回去了。

這麼快就收回去？我想了一下，認爲那應該是綠葉，他是十二聖騎士中的神弓手，接受過專門的感知訓練課程，可能是我剛才起身時驚醒他，而他慣例搜尋一下附近是否有可疑的狀況？

我的神聖屬性非常濃烈，他立刻可以發覺是我，接著就會收回感知能力。

好了，事情做完，也差不多該回去了。

本來想直接回營地去，但想到綠葉被驚醒後感知周遭情況的認眞行爲，我想自己也來感知一下周圍有沒有危險吧！免得明天爬上綠葉的背，良心會有點痛。

我深呼吸一口氣，將感知外放到極限距離，一怔後看向遠方，不遠處居然有一個黑暗屬性非常高的生物。

這麼濃郁的黑暗屬性，我只有在身爲死亡騎士的羅蘭身上感知過，雖然我懷疑粉紅的黑暗屬性應該不會比羅蘭低，但她十分擅長隱藏，反而不如羅蘭高了。

難道那是綁走公主的綁匪嗎？

我回想起女王的要求，這是巧合或女王早已知道對手是戰士最不擅長對付的黑暗生物，所以才硬是要我和綠葉一同前來呢？

除了黑暗屬性的生物，我還感覺到有另一個風屬性偏多的生物，很可能是個擅長風屬性魔法的魔法師，就不知道愛麗絲公主是不是風系魔法師。

我皺著眉，疑惑自己的感知能力是不是變強了？

正式繼任太陽騎士後，我身上的神聖屬性強烈到難以感知其他屬性，除了相對的黑暗屬性更容易感知到以外。

但最近幾次使用感知，我好像不必花太多精神也能感受到各類屬性，就像之前魔狼躲在樹叢間要偷襲，我沒有特地使用感知也能察覺。

「該不會是最近用太多魔法，甚至還施展亡靈魔法，導致神聖屬性減弱了吧？」

如果是這樣就糟糕了，我可是太陽騎士，神聖屬性只能強不能弱，看來接下來得小心謹慎，不能再隨便使用光屬性以外的魔法。

本來想，睡了這麼多天，還是出來探查一下，順便活動筋骨，但若是不能隨便用魔法，我看自己還是回去睡覺比較安全。

打定主意，一個轉身，我的背後卻突然出現強烈的風屬性。

我立刻回頭一看，原本空無一物的草叢旁竟然站著一個人，他身著黑色輕鎧，手拿雙細劍，渾身黑暗屬性高得和死亡騎士有得一拚。

但他無疑是個活人，莫非是……我脫口而出：「渾沌神的闇騎士？」

這麼突然的出現方式，肯定是瞬間移動魔法才有辦法做到這點，但面前這人看起來就是一名騎士，怎麼會魔法呢？

我忍不住開口質疑：「不對，你會瞬間移動，眞是闇騎士？」

那名闇騎士剛剛也愣住了，這時才回過神來，同樣脫口而出：「好強的光屬性，你又眞是刺客？」

發現彼此都在質疑對方的身分，兩人啞口無言，對視沉默了一陣後，闇騎士冷冷地開口說：「你是追兵？」

我想否認也不可能，這附近除了眼前的這名逃兵，就是我們這夥追兵，根本沒有其他人，所以我也學著他冷冷地說：「你是逃兵，我就是追兵。」

雖然互爲逃兵與追兵，但我倆僵持了好一陣子都沒動手。

我不想跟他打，因爲他的氣勢和審判、羅蘭之流差不多，肯定是個劍術高手，沒事找死不是我的嗜好。

但他一樣不想跟我打，因爲我的光屬性多到可以淹死他的黑暗屬性，沒事找死應該也不是他的嗜好。

雙方要是打起來，我拿聖光轟死他和他用劍砍死我的機率大約各佔百分之五十，基於沒有百分之百打贏的把握，就不要出手的原則，我決定放他一馬！

「我不想和你打。」我直截了當地表示。

聞言，闇騎士皺了皺眉頭，大概是想表達善意，他將雙細劍收起來，只是遲遲不離開，我們只好繼續冷冷地瞪視對方……啪！

我冷冷地瞪著掌心，這隻蚊子好大的膽子，居然敢在我穿上龍的聖衣之後靠近？難道不知道龍的聖衣反正黑漆漆，根本不用擔心白手套會報銷的問題嗎？

我彈掉手上的血蚊子標本，抬頭一看，闇騎士正一臉錯愕地看著我，我沒好氣地說：「看什麼看？沒看過人打蚊子啊？」

闇騎士莞爾一笑，帶著開玩笑的語氣說：「人打蚊子是常見，但刺客打蚊子還是第一次見。」

那眞抱歉，你還是沒有見過刺客打蚊子，因爲我是聖騎士，不是刺客。

我打了個大哈欠，終於有點睡意了，說：「既然不開打，那我回去睡覺了。」

「等一等！」

臉色一沉，看來他還是不肯放我走，可惜，本來想回去就大喊「逃兵在附近，我們趕快去抓他吧」！

等抓住這傢伙，找回公主，再參加完婚禮，我就可以回聖殿去當殿男，這次還把答應老師的冒險完成，從此不用再冒險，皆大歡喜！

對方皺緊眉頭看著我，有點遲疑地解釋：「公主是自願跟我走的。」

聽到這話，我心一驚，但表面仍冷冷反駁：「每個強姦犯都說是女人勾引他。」

闇騎士臉一沉，又說出驚天之語。

「我們是私奔的！」

幹！

不管你信不信，總之我信了，不為別的，因為這個闇騎士長得眞他媽的又高又帥又挺拔，英俊程度已經高到「男人一看見就想砍死他好減少一個情敵」的封頂等級。

這人眞是非常適合當闇騎士，因為傳聞中的闇騎士就是冷酷無情且把所有人都當作敵人的黑暗系騎士——帥成像他這副模樣，的確該把身邊所有男人都當成敵人，才有辦法活到這麼大。

「如果是私奔，何必留下那封信？」

但我還努力想要掙扎一下，不要那麼快相信這個「事實」。這麼帥的綁匪，就算公主真是被綁走的，和這帥哥朝夕相處兩週後，也差不多快變成私奔了。

闇騎士一愣，疑惑地問：「什麼信？」

「……」

我突然發現事情比想像的還大條，正想問個清楚，卻聽到背後傳來一陣窸窣聲，只好住口不說。

闇騎士顯然也聽見動靜，他看了我一眼，從懷中拿出一個魔法卷軸，唸了句「瞬間移動」後，整個人被旋風團團包圍後原地消失。

「原來是用瞬間移動的魔法卷軸，我就說這世上哪有這麼多不符合本身職業的怪人。」

我一邊咕噥一邊解除龍的聖衣，還點上一盞聖光，站在原地等待。

「太陽！」

綠葉第一個從樹叢衝出來，上下打量我一番，確定我真的沒事，這才鬆了一口氣，但他還是關心地詢問：「你還好嗎？」

「很好。」我簡短說明。

接下來，麥凱、安和奧斯頓也都到了，他們紛紛瞪著我，眼中大是疑惑，甚至是懷疑。

我冷靜地開口解釋：「我遇見一名闇騎士。」

說話時，我注意著所有人的反應。

麥凱疑惑地脫口：「闇騎士？渾沌神殿的傢伙在我們月蘭國幹什麼？」

奧斯頓皺緊眉頭，看起來像在思索。

安的神色瞬間慌亂了下，但不愧是公主，短短一秒就恢復無事的樣子，甚至還送來一個關心的眼神。

一如往常，我回給安一個微笑，這微笑顯然讓她放心了，她最近幾天難得對我露出笑臉。

綠葉懷疑地問：「該不會是這名闇騎士綁走公主？」

我突然一個燦笑，綠葉瞪大了眼，一副不知自己做錯什麼事情的小學生樣，頓時閉嘴不敢說話。

該不該說呢？我心下快速思考，幾度衡量，還是決定先裝傻再說。

「太陽不知。」

麥凱卻勃然大怒地低吼：「肯定就是他！他在哪裡？」

我老實回答：「用瞬間移動卷軸逃走了，恐怕離我們有段距離。」

聞言，麥凱簡直到了暴怒的境界，連連喊著「現在就追上去」，但我可以理解，結婚前老婆被搶，他的拳頭大概癢很久了。

奧斯頓連忙拉住麥凱，開始父對子的殷殷教誨，勸說瞬間移動不好追蹤痕跡，移動距離又不明，現在追上去也不見得能追到，所有生活用具都還沒收拾，若是沒追上，之後難以再繼續追蹤云云。

聞言，麥凱只能強忍怒火，同意不直接追上去，先回頭收拾東西。

回到營地後，在麥凱的堅持下，決定明天提早兩小時出發，他反正已經睡不著了，直說他要守夜到早上，讓其他人都去睡覺，只是不曉得經過今晚的事件，能夠睡著的人有多少。

我和綠葉就是睡不著二人組，綠葉一鑽進帳篷就直盯著我，一副想要提問的模樣，我連忙摀住他的嘴，沒讓他開口說話，他瞪大眼看著我，乖巧地沒有掙扎。

思索了下，我把聖光集中在手指上，然後利用光線勾勒出文字。

「我們被女王和安公主耍了。」

綠葉看著這行字後，努力想學我用手指發出聖光勾勒文字，但畫出來的東西歪七扭八，我花了老半天才認出來他寫的是什麼。

「怎麼說？」

我想了一想，又勾出文字。

「我確定安帶我們繞遠路。」

至於信件的事，光憑闇騎士的說法太過武斷，說不定他只是很會演戲，所以暫且略過不提。

綠葉皺了皺眉頭，繼續提問：「那該怎麼辦？」

「不確定安公主的意圖之前，先保持原樣，所以你只要繼續揹我趕路就好了！」

「……」綠葉很認眞地點了六個發光的點。

才過了一個多小時，麥凱就開始大吼大叫地叫人，我倒是無所謂，反正根本就睡不著，但綠葉卻是被驚醒的，他爬起身來時滿臉倦容。

看見這情況，我的良心都刺痛起來，連接下來要爬上綠葉的背，都猶豫了那麼一下下，幸好我的良心不太多，可以忽略那小小的刺痛，然後繼續爬上綠葉的背。

麥凱一看到我倆的舉動，立刻火大低吼：「艾梅，不用揹他了，根本浪費時間，反正他也沒有用，你跟我們全速跑過去。」

綠葉立刻反駁：「不行！如果是之前，丟下太陽還無所謂。」

喂……

他堅持道：「但現在知道敵人是黑暗屬性的闇騎士，那一定要帶上太陽，只有他能夠剋制對方的黑暗屬性。」

麥凱冷笑一聲：「遇上我們，什麼東西不會變成黑暗屬性？屍體是黑暗屬性的吧？」

聞言，綠葉啞口無言，以我們這種隊伍組合，可以說是神擋殺神魔阻劈魔，但一路上只有不像樣的魔獸和不入流的冒險隊伍，根本沒有半場像樣的戰鬥，我、綠葉和奧斯頓根本沒有出過手，所有敵人都一個照面就被麥凱和安踹到天邊去了。

即使我們走進森林深處，情況還是沒變，麥凱依舊用拳頭解決一切，從未拔劍，安還是用腳回應所有出言調戲她的男人，兩把單手斧只用來分解晚餐，綠葉唯一的工作是揹我，弓箭一枝都沒少。

綠葉躊躇地轉頭問：「太陽，只是一天，你可以跟著跑嗎？」

之前曾在闇騎士身邊感覺到風屬性的魔法師，風系魔法師擅長飛行術和瞬間移動法術，這大概就是我們速度這麼快，卻還是追不上的原因，既然以前追不上，我認為現在也不可能追得到。

既然追不上，為什麼還要拚死拚活地趕路呢？我緩緩開口說：「為了不拖累各位的速度，請無須顧及太陽，我隨後便會趕上。」

「太陽？」綠葉十分驚訝地看著我。

我一個揮手阻止他說話，微笑地說：「太陽心意已決，綠葉兄弟請勿再阻止，太陽自有光明神的眷顧。」

綠葉遲疑了一下，不解卻無奈地說：「那好吧，太陽你自己要小心點。」

「快走。」麥凱不停催促。

望著眾人離去的背影，綠葉還頻頻回頭朝我投來憂慮的眼神，但樹叢茂密，他們行進得飛快，沒多久就看不見人了。

這時，我喃喃自語：「好了，聽說這附近有個獨特的森林小鎮，裡面應該有……酒可以喝吧？」

都快要一個月沒喝酒了，作爲一個房間地下室是酒窖的傢伙，我簡直饞得想直接摘樹上的果子，然後用自己行李中的酒麴來釀酒。

什麼？你問我帶酒麴幹什麼？

呃，有時候，酒商之間可以用自己的酒麴來交換別人的酒麴，你懂了吧？

什麼嗎？我不是聖騎士嗎？什麼時候還當了酒商？

我當然還是聖騎士，但總是要爲了退休早做打算啊！

算算，我今年都二十三歲，十二聖騎士約四十歲就得退休，但退休金卻怎麼存都是那一丁點兒，如果想要風光度過晚年，當然要提早想個副業來做做。

再說，我的釀酒技術這麼好，不發揚光大怎麼對得起全天下的酒鬼，你說對不對？

所以就朝著酒麴——不對，朝著小鎮前進吧！

拯救公主第五要件

「冒險必備之人——智者。」

我的記憶力果然是光明神的餽贈。

雖然才看過一次月蘭國地圖，但是我幾乎記下了八成，如果月蘭女王知道這點，大概打死也不敢把那張詳盡地圖攤在我面前。

走沒多久，我正確無誤地走到名爲森流的小鎮，這個城鎮果然特殊，四周全是森林，卻只有這一塊地方是草原，草原中間有條河流切過去，若不是如此，森林中要發展出城鎮實在不容易。

但就算如此，這種森林深處還是不適合太多人居住，光是要從外面運輸物資進來就有一定困難。

之所以會出現城鎮，我猜想大概是因爲太多冒險隊伍走到這裡便差不多需要補給，商人只要有足夠的利益，別說森林，就是龍洞都敢闖一闖。

再深入一點就是魔獸群聚區，雖十分危險，但魔獸全身上下都很值錢，從皮肉、鱗片、羽毛、血液到尖角，各自有其用途，也是大部分冒險隊伍的主要經濟來源。

我謹慎地把手臂上的太陽騎士徽飾用布包起來後，走進森流鎮，小鎮規模不大，建築物座落得十分雜亂無章，我走進來後，竟然一時不知該到哪才能找到酒館。

只好攔下一名冒險者，我掛著友善的微笑問：「這位兄弟，可否請問一下，酒館在哪個方向呢？」

冒險者上下打量了我一下，咕噥了一句「哪來這麼帥的騎士，眞應該……好少一個情敵」，然後他才回答。

「看到左邊那條巷子了沒？從那邊進去，經過兩家武器店，右轉，再走過一家乾糧店後右轉，然後直走過兩個井後，有條三岔路口，選正中間那條路，再經過一家麵包店，左轉，最後直走到底就是了，記清楚了沒有？」

「記住了。」我笑著複述一遍，「左邊那條巷子進去，經過兩家武器店，右轉，再走過一家乾糧店後右轉，然後走過兩個井後，有條三岔路口，選正中間那條路，再經過一家麵包店，左轉，然後直走到底。」

冒險者嚇了一大跳，「喝！你還眞的記得？」

我對冒險者笑了一笑，後者尷尬地倉皇而逃。哼！還想爲難我？一張有五個桌子併起來那麼大的地圖都能記得起來，區區幾個小轉彎算什麼？

照著那人指示的路走，但卻怎麼走都沒有看到兩個井，這時，我猛然想起來，小鎭旁邊就是河，根本不須挖井取水，怎麼可能會有井呢？

我十分懊惱地咕噥：「眞不該找男人問路，什麼井，我看是他想挖井把我埋掉，好減少一個情敵吧！」

看來只好再找個人問路了。

正想回頭去找乾糧店老闆問路時，眼前突然出現一個人，他全身都被籠罩在斗篷底下，僅能從身高猜測或許是個男人，他就站在離我幾步遠的地方，而且面對我的方向停滯不動，說是路過都沒人信。

我沉下了臉。

這人帶著偏濃的黑暗屬性，難道是亡靈法師嗎？但這黑暗屬性似乎又沒有亡靈法師這麼濃烈，更別提之前遇到的闇騎士，到底是經過掩飾或者其他原因？

正思考時，對方先開了口，帶著輕柔的語調說：「眞是強烈的光屬性，連我這不會感知的人都能感受到白熱，眞不可思議，這就是在任的太陽騎士之光嗎？」

我臉色大變，想不到對方居然知道我是太陽騎士，而且爲什麼特意說「在任的」太陽騎士？

「在任」這詞用得眞是奇怪，基本上，全大陸都覺得十二聖騎士「一直」存在，除了光明神殿裡的人，一般民眾不會想到卸任繼任的問題。

難道眞是和神殿有關的人？

對方沒讓我猜太久，輕輕拉開斗篷，任憑斗篷墜落到地面，沒有遮掩，那人的眞面目終於顯露出來，那是連正午陽光都無法照亮的膚色。

「黑暗精靈！」我十分震驚地脫口而出。

怪不得始終判斷不出這種屬性組合到底是怎麼回事。

對於這傳聞中的種族，我更加戒慎以對，冷道：「想不到有生之年居然可以見到黑暗精靈，居住在地底、惡名昭彰的族類！你來到地表是爲了進行什麼邪惡計策？」

我他媽最近果然霉運纏身，晚上夜遊會遇到闇騎士，走條小巷都被黑暗精靈堵，看來下次去上廁所，可能會踩到龍也不一定——呸呸呸！隨便說說而已，光明神啊！您可千萬不要當眞！

說到這裡，大家肯定滿眼疑惑，看來不得不先來解釋黑暗精靈到底是什麼東西，否則大家可能根本不能理解我有多倒楣！

其實，這個世界上不只有人類一個種族而已，雖然平時看見會開口說話的東西多半是人類，頂多能在鐵匠舖看到一些「矮人」。

矮人的外貌和人類相差不大，但他們即使是成年男人，也只有人類的三分之二高，特徵是男矮人幾乎都有一把藏滿蝨子的長鬍子，不分男女皆非常擅長金屬冶煉，雖然個頭小，但他們的力氣可是十分驚人，就連女矮人都有不輸男性人類的力氣。

畢竟是號稱天生擅長打鐵的種族，力氣絕對小不了。

「精靈」則是另一個爲人所知的種族，雖然他們聲名遠播，幾乎每個人都知道精靈是一種十分自傲但相當善良的種族，不過如今很少人親眼看過這個種族，因爲他們只居住在大陸邊緣，遙遠的森林深處，那裡可不是常人能夠進入的地方。

其他還有一些介於野獸和人之間的種族，例如成群結夥的「地精」，那是種渾身綠皮的小東西，或者半獸人，看上去就像人和野獸的合體，據說是某種不好說出口的原因才誕生出來的種族……

雖然地精與半獸人稍微有點文化，有簡單的語言，也會用火和武器，但生活習性卻和野狼相差不多，有群聚性卻無法真正形成村鎮，部落差不多就是極限了，所以一般來說，他們很少會被列入主要種族的行列。

不過，黑暗精靈就不同了，他們絕對是主要種族之一，外貌其實和精靈很相似，特點是身材纖瘦加上尖耳朵，但精靈膚白賽雪，黑暗精靈卻膚色近炭，還擁有一頭白髮和紅色的眼睛。

相較於精靈居住在森林，他們則住在遙遠的地底，非常厭惡陽光，幾乎不會上來地表，一百年都不見得能聽說有人在地表上見過黑暗精靈。

但這些都比不上他們的種族特性出名，據說這是個超級邪惡的種族，從八個月的嬰孩到八百歲快死的老黑暗精靈都一樣邪惡。

除了邪惡以外，他們還有另一個特點，就是全民皆兵，戰鬥至上的恐怖種族，他們數量不多，但不分男女老少全是戰鬥菁英，據說只要有一隊黑暗精靈，就可以在一個晚上毀滅有守備軍駐守的城鎮。

幸好他們厭惡陽光，所以很少上來地表，即使上來，也會去找精靈麻煩，因爲他們和精靈是世仇，一旦遇見，絕對大動干戈。

雖然沒有人知道他們之間到底有什麼仇，說不定只是看不順眼對方的長相，長得像卻不同顏色，欠打。

面前這個離家至少有一層地皮遠的黑暗精靈居然露出欣賞的表情，用讚美的語氣說：「發現我的種族後，還能這麼冷靜的人類，你是第二名。」

「喔？眞想見見第一名。」

我一邊回答一邊思考要不要換上龍的聖衣，但聽說黑暗精靈速度奇快，若是換衣服換到一半被幹掉了，丟命還是小事……

太陽騎士袒胸露背死在小巷子中！

這種頭條標題會引發什麼變態色情的聯想是另一回事，問題在於這絕對不是優雅的死法，要是被我的老師知道我死得那麼丟臉加變態，會有什麼下場，相信各位早就知道了。

與其被我老師弄得死去活來——想得哪裡去了？嘖嘖，你好變態！

我是說，與其死了又得被他復活，然後再優雅地死給他看，我寧願穿著整齊的太陽騎士裝，現在就優雅地赴死好了。

「看你的表情如此認眞，難道是在思考該如何出手殺我嗎？」

黑暗精靈淡淡微笑，笑容似乎帶著點苦澀。

不，我只是在想用什麼姿勢和哪種表情去死才優雅，小巷子已經不是優雅死去的地點，所以得在姿勢和表情上力挽狂瀾才行！

見我沒回答，黑暗精靈的表情更憂傷了，但不排除是在作戲，據說這個種族詭計多端，每一句話都是謊言！

他說：「在你出手之前，我還有一個朋友想介紹你認識。」

黑暗精靈的朋友？很好，看來我還眞的要死了……

另一個穿著斗篷的人從轉角走出來，看他的身高，應該也是個男人，但我沒時間揣測，那人二話不說便直接脫下斗篷，不是黑暗精靈，而是一個金髮藍眼的英俊男人，看年齡大約不過三十歲上下，臉上還帶著燦爛的笑容。

雖然這人看似有著光明磊落值得信任的外表，但我一看見這人就瞳孔猛然縮緊、渾身僵硬、手腳冰冷、心臟狂跳、腸胃陣陣痙攣……

「爲什麼？」黑暗精靈哭笑不得，轉頭對金髮男子說：「尼奧，你的學生看見我這個不該出現在地表的黑暗精靈時，冷靜得連臉色都沒有變，但一看見你卻、卻好像……」

金髮藍眼的英俊騎士露出爽朗笑容，接下話來，「就好像遇見久違的、最尊敬的老師一樣感動！孩子，三年不見了，快快上前幾步，讓老師好好看看你。」

我後退幾步，想死的心都有了。

光明神啊！您眞是太惡劣啦，我都寧願踩到龍，也不想見到「我的老師」啊！

這時，老師微微一笑，轉頭向好友說：「這孩子眞害羞，對吧？」

黑暗精靈苦笑地說：「我倒是不那麼覺得，反倒覺得他活像看見條龍似地，沒錯！就是『見龍了』那種感覺，眞是貼切。」

你錯了！龍都沒老師這麼可怕！

老師回頭微笑道：「親愛的艾崔斯特，你開的玩笑眞有意思，但別開得太過火了，你看，我的學生都嚇到了。」

艾崔斯特不予置評地說：「他是嚇到了，無庸置疑，不過是被誰嚇到，恐怕還有待商榷。」

「或許是因爲你的皮膚太黑，所以嚇到他，你知道，太陽騎士一向膚白若雪。」

艾崔斯特忍不住吐槽：「你的學生確實値得一句膚白若雪，但你的話，最多像塊沒烤熟的麵包。」

老師眉頭一揚，嘆道：「也總比像盆戰士的洗腳水要好多了，不過，別傷心，朋友，區區的膚色問題傷害不了我倆的友誼。」

艾崔斯特驚訝地說：「友誼？原來我們有那種東西啊……呃！尼奧，你的學生似乎要離開了。」

「哈哈哈，艾崔斯特，別再說笑話了，作為我最親愛的學生，他絕對不敢『無視於我』、『不打招呼』、『擅自離開』。」

我停下腳步，感覺自己臉部抽搐好幾下，最後帶著屠龍的覺悟，轉身走回老師跟前，乖乖打起招呼。

「親愛的老師，在光明神照耀之下，近來可安好……」

老師一臉不耐，用命令的口吻說：「把光明神收回你的心中尊敬，直接告訴我，你在一支冒險隊裡幹什麼？」

我一五一十地招了。

說完後，老師沉吟思索。

一直表現得十分友善的黑暗精靈艾崔斯特，此時皺著眉頭批評：「身為隊員，擅自離開隊伍是不對的！」

我看了黑暗精靈一眼，其實很想回嘴，身為黑暗精靈，你表現得一點都不邪惡，這才是不對的！但在搞清楚他和我老師之間的關係前，我可一點都不打算得罪他。

這時，老師明白地笑了一笑，問：「你離開隊伍是為了來探查我和艾崔斯特吧？黑暗屬性和光明屬性的生物走在一起，一直保持在你們隊伍不近不遠的地方，實在非常可疑。」

眞不愧是老師，實在了解自家學生。

我點了點頭，說：「在森林外圍就感覺到你們了，只是沒怎麼注意，但後來，雖然老師你們在森林東繞西繞，卻總是保持一定的距離，這讓我有些緊張了，又無法告訴隊友這件事情，這會暴露出感知的能力，所以只好找個藉口離開隊伍來探查一下。」

尤其是見過闇騎士後，不管他表現出來的無知是演戲或眞實，似乎都沒有出手的意思，所以我才敢離隊看看狀況。

老師提到光明屬性和黑暗屬性，這讓我立刻了解他已經把我的感知能力告訴眼前這名黑暗精靈了，老師對對方的信任竟然這麼高嗎？

這時，艾崔斯特閃過訝異的神色。

老師轉頭向對方露出驕傲的神色，說：「我早告訴過你，跟蹤瞞不過我的學生。」

「這眞是令人吃驚。」艾崔斯特轉頭對我說：「我很抱歉，剛才對你的指責是不對的，我收回那些話，請你原諒我的過錯。」

我瞪著這個黑暗精靈，你能不能敬業一點，表現出邪惡的樣子啊？你現在這種人畜無害的個性，不就完全把我剛才對黑暗精靈的邪惡描述通通打翻了嗎？

艾崔斯特感到奇怪地問：「為什麼這樣看著我呢？」

我上下打量艾崔斯特，懷疑地問：「你眞是黑暗精靈？該不會是曬太陽曬過頭而烤焦了的精靈吧？」

艾崔斯特一怔。

老師哈哈大笑，一邊笑一邊拍著黑暗精靈的背，說：「艾崔斯特啊艾崔斯特，我又猜對了，是吧？我就告訴過你，就算你是惡名昭彰到人人喊殺的黑暗精靈，只要你不對他出手，我這孩子就算手臂貼著手臂靠在你旁邊，武器照樣都不會出鞘……雖然有沒有武器都不影響他的實力。」

艾崔斯特一聽，看向我的眼神又柔和了許多，滿臉滿眼都是笑意，簡直不是個黑暗精靈。

老師心情甚好，拍了拍我的背，說：「孩子，難得一見，就陪老師喝一杯吧！老師可有許多冒險故事要告訴你，也要問問你聖殿的事情。」

說完，他又轉頭跟艾崔斯特笑說：「我這學生酒量比我還好，你肯定喜歡他，今天我們可以喝個高興了。」

「喔？」艾崔斯特仍舊一身善意。

聞言，我倒吸了一口氣，眼神閃動個不停，思考從哪個方向逃走最不會被抓回來——就是那裡！

「呃，尼奧，你的學生在爬牆了。」

「……回來！酒錢我們會付。」

我鬆了一口氣，跳下牆，再誠懇不過地說：「沒問題，親愛的老師，雖說太陽騎士三杯必醉，但老師既然提出要求，學生哪怕是要下地獄，也要陪您走上一遭！」

面對艾崔斯特滿是笑意的眼神，老師有點訕訕然地對我說：「要你掏錢比讓你下地獄還難，眞不知這死要錢的性子是怎麼養成的。」

明明就是你教的，說好的聖騎士必須好好存退休金呢……

老師對我說：「你換上艾崔斯特的衣服再過去喝酒，絕不能說自己是太陽騎士，太陽騎士的三杯必倒形象一定不能被破壞！」

我心中奇怪地問：「是，但爲什麼不換上老師您的衣服呢？」

「因爲我的衣服是騎士服，但你怎麼看也不像個騎士，平常騙騙無知民眾還可以，在酒館那種高手潛藏的地方，你還是當其他職業吧！可惜我倆沒有祭司服，否則你穿上後，我們三人就是騎士、魔法師，還有祭司的完整隊伍了，肯定有接不完的任務呀！唉，眞可惜。」

幹！我是聖騎士。

老師眼神一瞥，「不要在心中幹你老師我，否則等等酒錢你自己付。」

我差點下跪求饒：「對不起，學生不該在心中幹老師您。」

艾崔斯特大翻白眼，這白眼在他黑如炭的膚色襯托之下，格外潔白，也讓人看了格外不爽，他忍不住說：「你們這兩位太陽騎士和前．太陽騎士，講話可不可以不要比我這個黑暗精靈還粗俗呀？」

「在多年光明照耀之下，孩子的心中卻還潛藏黑暗，讓爲師心痛萬分，不得不在話中隱含光明神的光輝，祈求能夠趕走孩子心中的黑暗，使其重返光輝之路。」

「光明神的仁愛籠罩世間，光輝當空，照亮世間萬物，但學生的心中卻潛藏著黑暗，並將這黑暗指向老師您，眞是萬死難辭其咎，如今老師持著光明神的光輝來懲戒學生，學生自然欣然接受，期待自己重獲新生。」

「……對不起，是我錯了，請你們粗俗吧！」

接下來，我們打開酒館大門，一走進去，全酒館的女侍全都看向門口，還高興地呼喊「尼奧」、「尼奧你來了」、「尼奧我好想你」之類的話。

我的老師也一一用眼神回應眾女侍，如果不說老師是哪位前十二聖騎士，包准大家都會以為他是前．暴風騎士。

相較之下，艾崔斯特就不是那麼受歡迎了，雖然他把自己全身包得緊緊，但還是不少人投來充滿敵意的眼神，顯然他們都知道對方的種族。

我看了看艾崔斯特的打扮，一下子明白過來，就算全身包在斗篷裡，但總也得伸出手來，光那隻黑炭般的手，就夠讓人家知道他有些不對勁了。

若不是傳說中的黑暗精靈的話，就是一具會走路的焦屍。而這兩者都不是什麼好東西。

雖然眾人對艾崔斯特很不友善，另一方面，「男人們」對我老師的敵意似乎也不小，再進而，我好像也不怎麼受到歡迎，作為太陽騎士，一個照面就收獲敵意，可眞是少有的經驗。

因為眾人對我們這夥人的敵意很明顯，我們只好選擇一個離大家最遠的角落位子，接著老師豪爽地叫上一打又一打最烈的酒和一堆下酒菜，這也是沒辦法，女侍一個接一個來點菜送酒，老師又來者不拒，最後就點了一大堆。

艾崔斯特憂慮地說：「尼奧，看這情況，我們最好還是別喝醉吧。」

老師轉過頭，好笑地問：「醉？你和我一起喝一打，怎麼可能會醉呢？」

「但你叫了兩打。」他不解地問。

老師毫不猶豫地說：「當然，否則我的學生就要說我小氣了。」

艾崔斯特從斗篷下抬起頭，驚疑不定地看著我，不知是不是我看錯，總覺得他的驚疑不定中還含著驚喜，看來艾崔斯特也是個爛酒鬼，我們這三人隊伍最厲害的能力恐怕不是殺魔獸，卻是在酒館殺酒瓶。

酒一上，我這爛酒鬼中的爛酒鬼已經超久沒喝到酒，立刻雙手開瓶，開始猛灌起來，左手灌完換右手，一分鐘後，我拿出手帕擦了擦嘴角的酒沫。

嗯，雖然這酒沒有葉芽城的一瓶醉猛烈，不過香醇度倒還可以，這種森林中的小鎮能有這樣的酒，也算不錯了。

一抬頭，艾崔斯特正呆呆地看著我，我的老師則拍著大腿哈哈大笑，不是拍他自己的腿，是來上菜的女侍大腿。

看看艾崔斯特的臉色，我又開了一瓶酒，對他舉瓶說：「我敬你。」

艾崔斯特一愣，疑惑地問：「敬我什麼？」

雖然不醉，但直接灌下兩瓶酒，我有些微醺，看著全酒館的人都用厭惡的眼神怒瞪艾崔斯特，我用挑釁的眼神一一瞪回去，故意挑釁地拉高音量說：「我就敬你坐在這裡！」

我的老師也舉高酒瓶，大喊：「好孩子，說得好，我們就敬艾崔斯特坐在這裡！」

艾崔斯特臉色十分嚴肅，緩緩拉開斗篷，露出茂密的白髮與黑膚，舉高酒瓶說：「那我也回敬你們，就敬你們坐在我的面前！」

說完，我們三人仰頭灌酒，一低頭，我就看見一只酒瓶朝著艾崔斯特的後腦勺飛來，還來不及出聲示警，只見一道影子閃過去，我的老師竟然用腳去踢酒瓶，而且還沒把它踢破，而是踢回那名丟酒瓶的人的方向，酒瓶在那人臉上砸個粉碎，酒水灑了一臉。

那是一名戰士，肌肉橫生，一根巨大鎚子就放在腳邊，他滿臉酒水，面上筋脈大力跳動，雖然沒有受傷，但我想他的自尊大概傷得不輕，臉色難看得簡直像是看見殺父仇人。

「哈！」老師跳出去，回頭對我和艾崔斯特微笑著說：「眞好，我最討厭戰士了。」

微醺之下，想起麥凱和安一路上的藐視，我也站起身，微笑回應：「有其師必有其學生，老師，我也最討厭戰士了呢！」

這時，艾崔斯特站起身，直喊：「尼奧、格里西亞，不要爲了我起衝突。」

老師與我同時轉頭白了他一眼，誰是爲了你呀？

收到兩枚白眼，艾崔斯特有些訕訕然，看看我們又看看怒氣沖沖的戰士，還有酒館內一觸即發的危險氣氛，只能無奈詢問：「需要我幫忙嗎？」

「喝你的酒。」老師回答。

「吃你的菜。」我回答。

艾崔斯特坐了下來，不知是不是惱怒了，他轉過身，背對全酒館，當眞吃菜喝酒起來，絲毫不管身後情況。

戰士拿起腳邊大鎚，作態揮舞，還越走越近。

我的老師好整以暇地說：「孩子，你劍術不好，不如去跟艾崔斯特喝酒吧！」

「老師，我現在穿的又不是騎士服。」我一邊回答一邊聚集水屬性，然後又將手上的水凝結成冰。

「喔，也對。」

老師說完就拔出劍擋下戰士正朝我揮來的鎚子，發出好大的金屬鏗鏘聲，讓我耳朵一痛，手一滑，砂鍋大的冰塊就扔到戰士身上去，正好賞他個清涼痛快！

戰士倒飛出去，撞碎一張桌子，這一下摔得看起來眞重，但他不愧是皮粗肉厚的戰士，胡亂號叫幾聲後爬起來，雙眼充滿血絲，氣得彷彿面對殺全家的仇人，左右看了下，抓起一張桌子就扔過來。

桌子朝老師飛來，但他連眼皮都沒眨一下。

這時，我伸手使出「大地之盾」，也就是將聖光凝結成盾牌，用來抵擋攻擊的招式，聽名稱就知道這招是大地騎士的看家本領，被我偷學來的。

桌子撞上大地之盾，在老師面前碎得四分五裂，大地之盾範圍不大，擋不下這麼多細小木屑，畢竟還是偷學來的招數，實在沒辦法像大地騎士操作得那麼精細，但因爲老師已經爲自己罩上一層薄薄的聖光護體，雖然薄得跟紙一樣，擋一點碎木屑還不是問題。

戰士雙目泛紅地低吼：「你這是要包庇黑皮膚的傢伙？難道不知道黑暗精靈是邪惡的種族？」

老師冷冷地回說：「你要找碴就找碴，藉口一堆，比黑暗精靈還不乾脆，要打就來！讓你見識一下史上最強的、的……騎士的威力！」

還好！我擦了把冷汗，幸好老師還記得省去「太陽」兩個字。

這時，酒館的人紛紛站了起來，喊道：「什麼騎士！和黑暗精靈混在一起的都不是好東西！」

「和黑暗精靈一起滾出去！」

「滾出森流鎮！」

見眾人都站在自己這邊，那名戰士顯然底氣更足了，拚命吼：「你這邪惡的東西還不和黑暗精靈一起滾！」

「喔，邪惡的東西呀？」老師沉吟一下，然後笑著說：「有意思，我還是頭一次被人這麼稱呼，爲了符合這個新稱號，我乾脆就更邪惡點吧？呵呵哈哈哈哈就憑你還不夠資格和我動手，我的學生啊！給我上前打翻這隻狗！」

說完，他帥氣地把披風一甩，走回餐桌旁好整以暇地坐下來，繼續與艾崔斯特一起吃飯喝酒。

老、老師，您演了二十年的太陽騎士還不夠，現在想改演大魔王了嗎？

我哭笑不得，但看老師正在興頭上，最好還是乖乖照他的話去做。

「遵命！」

我喊完，連咒語都沒唸動就施展魔法——其實是來不及唸，顯然全酒館的人都已經把我當作魔法師了，而差不多全大陸的人都知道，魔法師最要命的缺點就是來不及唸完咒語施展魔法，就已經被敵人砍成肉醬。

爲了阻止我唸咒，大家朝我飛撲的速度快得像是在新婚夜撲新娘的新郎，害我想裝模作樣唸串咒語，過過當魔法師的癮都不行，嘖！

我左手使出大地之盾，確保眼前各式各樣的武器都不會落在自己頭上後，右手爆出一堆亂七八糟的魔法，什麼風刃、火球、冰錐隨便亂丟，砸不到想砸的目標沒關係，反正眼前黑壓壓的全都是人，怎麼砸怎麼中，一個魔法總是伴隨一聲哀號，十分値得。

身後傳來艾崔斯特的嘆息：「你的學生玩得眞是不亦樂乎，明明用個中階魔法就可以打倒所有的對手，他偏偏用初階魔法鬧成這樣。」

老師差點把嘴裡的酒噴出來，嗆笑幾聲後解釋：「你誤會了，艾崔斯特，那是因爲他只會初階魔法而已，你可別忘了，我的學生又不是眞正的魔法師，雖然他只會初階魔法，但加上大地之盾的防護及誇張的精神力，他這初階魔法師可比中階甚至是高階還讓人頭痛了。」

「爲什麼不學中階魔法呢？」艾崔斯特的聲音透著十足好奇，問：「以他的能力，學習中階魔法應該綽綽有餘才是。」

「喔，打到現在，你聽我的學生唸過咒語了嗎？」

「沒有。」

「他不是魔法師，得不到眞正的魔法咒語，所以他其實不會半個眞正的魔法咒語，頂多裝模作樣唸唸吃葡萄不吐葡萄皮，我想，就算是他也沒辦法不用咒語就發出中階魔法吧。」

艾崔斯特驚異地直喊：「不會任何魔法咒語？那他一開始是怎麼學會魔法的？」

老師神祕兮兮地說：「這就要說到某一天，我教導他練劍練了一天，疲累不堪，所以就喊停休息，他趁著休息時間就去逛街。」

「他累了還去逛街？」

「不，是我累了，我的心受到太多打擊，累了……」

「……請繼續。」

「隔天，我教導他騎馬騎了一天……」

「又累了？」

「是，我累得氣瘋了，對他吼：『你說，我爲什麼要這麼辛苦教導你這個笨蛋！你到底能有什麼用？我再也受不了了，我要把你這個笨蛋換掉！』，結果，那孩子想了一想，就放了個風刃幫我搧風，還到廚房拿個肉串，用火球術烤來給我吃，最後還做出一個冰錐抹上果醬，當作飯後甜點。我問他怎麼學會這些魔法，他說昨天逛街時，看見一夥美女魔法師被混混調戲，氣得聯手用風刃、火球和冰錐把對方打跑了。」

「所以，你就因爲搧風、烤肉串和飯後甜點，決定留下這個學生？」

「是……當然不是！艾崔斯特，你也把我看得太淺薄了吧？」

艾崔斯特一陣悶笑。

老師的聲音則是有些惱了，高聲說：「人家是三個美女魔法師，各用了不同屬性的魔法，他單單一個人居然就用出三種屬性的魔法，這還沒算上他原本就擅長的光屬性，這種不可思議的潛質，你說我能把他換掉嗎？」

「是、是，當然不能換掉了。」

「你的聲音聽起來真沒誠意。」

「我是擅長陰謀詭計的黑暗精靈嘛！沒對你使詭計就好了，你還想苛求我什麼呢？我甚至無法在黑暗精靈的語言中找到『誠意』這個字呢！」

我的老師哼了一聲，沒再開口說話。

我聽見他們終於聊完，連忙插嘴說：「親愛的老師！」

老師冷哼了聲，「沒事不會加『親愛的』，說吧！你想做什麼？」

知學生莫若師，我乾笑兩聲，說：「有關這酒館的賠償……」

話還沒說完，我的老師已經沒好氣地回答：「三年不見，你越來越小氣了！只要你和我們走在一起，就不會讓你出一毛錢，以後別再問我錢的事情了，你問一次，我就讓你回憶一次史上最強太陽騎士稱號的由來。」

「是！」

我放心了，還賊賊地笑了一下，維持著大地之盾阻擋攻擊，同時開始聚集大量的水屬性，一邊將水屬性瀰漫整間酒館，另一邊又開始在手上聚集雷電。

當眾人開始毛髮直豎，感覺大事不妙，於是更努力想劈破大地之盾阻止我的時候，我終於大叫一聲「雷電之網」，然後放出整串閃電，這些閃電隨著瀰漫酒館的水氣到處亂竄，然後慘叫聲四起。

雷電之網，顧名思義，其實是由水和雷電兩種初階魔法組成的魔法，初階加上初階就變成一個中階魔法，這讓我對於魔法的奧妙有種幻滅的感覺。

「中階魔法！還同時使用三種屬性。」艾崔斯特驚歎：「看來尼奧你對自己學生資訊的掌握已經落後了。」

我的老師聽見這話，非但不生氣，還在我坐下來以後興致勃勃地問：「孩子，你是怎麼學會中階魔法的？」

我老實交代：「在老師您卸任後，有一次我穿著斗篷隱瞞身分去逛街，在街上，我看見一個……」

話還沒說完，老師已不耐地揮揮手說：「算了算了，又是看見什麼美女魔法師，不聽也罷！」

我十分委屈，老師，這次您就錯了，我是看見一個老頭魔法師呀！不知花了多少忍耐力，才能看著那滿臉皺紋的老頭魔法師慢悠悠地唸完咒語，施展出魔法，最後才偷學來這個中階魔法。

這時，酒店老闆看起來一副懦弱樣，但還是戰戰兢兢地朝我們走過來，他一邊顫抖一邊問：「各位騎士大人，關於這些毀損的東西……」

我的老師懶洋洋地看了現場狀況一眼，差不多就是桌子碎了、椅子砸了、門窗裂了、地上淹水了的程度，在他丟給酒店老闆幾枚黃澄澄的金幣後，老闆興高采烈，只差沒帶著笑容說：「繼續、您請繼續砸！」

然後，我們三個人坐在酒館內唯一乾淨整齊的桌子邊，繼續喝酒吃菜兼聊天。

我順便向老師說明這次愛麗絲公主被綁走，以及昨夜遭遇闇騎士的細節，雖然老師已經退休，不過他可是當過二十年的太陽騎士，經歷可不是我能比的，說不定老師一聽完，馬上就知道問題出在哪裡。

當我說到闇騎士說他和公主是私奔的，同時也不知道信件的事情時，艾崔斯特不贊同地說：「你怎麼能聽信綁匪的話？」

我直截了當地說：「因爲他長得非常帥。」

「有多帥？」我的老師一臉嚴肅地問。

我也嚴肅地回答：「男人看到他都想殺掉他再碎屍的那種帥。」

這話一出，艾崔斯特愣住了，我的老師卻非常了解地點頭說：「那果然是私奔。」

艾崔斯特忍不住搖頭說：「這也太武斷了些。」

老師拍拍黑暗精靈的背，宛如老人家對不懂事的孩子說：「相信我，你還年輕，人生歷練不夠。」

艾崔斯特噗嗤一笑：「我都一百三十六歲了。」

「精靈能夠活上五百到八百歲，所以你換算成人類年齡，不過才二十出頭，說不定比我的學生還年輕。」

艾崔斯特從斗篷下白了老師一眼，說：「歷練與年齡換算無關吧？我早已歷練了一百三十六年了。」

老師淡淡一笑，說道：「卻還是個孩子，這可眞讓我羨慕啊！」

艾崔斯特有些不解地看著老師。

老師灌了一口酒，伸手抹去嘴邊泡沫，眞有種冒險者的豪邁不羈，與他還是太陽騎士時的模樣大不相同，短短三年，老師變得可眞多。

他拍了拍我的背，說：「孩子，你再繼續說下去。」

我點了點頭，繼續描述：「不過，我倒是覺得有一點很奇怪，女王逼我和綠葉加入隊伍，顯然知道綁匪是闇騎士，這對戰士來說，確實是個棘手的對象，有我們的加入才可以確保找回公主，與此同時，安卻又帶我們繞遠路，擺明是不想讓我們找到綁匪。我現在眞的搞不懂，她們到底要不要我們找回愛麗絲公主了。」

老師淡淡一笑，似乎不覺得這很奇怪，他解釋：「很簡單，因爲月蘭女王和安公主站在不同立場上。」

「不同立場？」我倒是不明白了，身爲母女卻站在不同立場上？

老師解釋道：「月蘭女王身爲一國之主，肯定想找回愛麗絲公主，讓她和戰神之子結婚，達到聯姻以鞏固戰神殿勢力的目的，但安公主卻不是一國之主，而是愛麗絲公主的姊妹，如果她知道姊姊不愛戰神之子，另有心上人，多半會站在姊姊那邊。」

「原來如此。」

我恍然大悟地驚呼：「所以女王沒有別的目的，是眞的想找回愛麗絲公主，那封『綁匪』留下的信多半是女王做的，爲的是找到理由不出兵尋找，而讓我們組冒險隊私下去找，畢竟女兒和人私奔可不是什麼可以公告天下的事情，而安公主則是故意加入隊伍，誤導我們繞遠路，讓愛麗絲公主有時間和她的情夫逃跑。」

老師讚賞地點了點頭，繼續解釋：「而且她還不能完全誤導你們，那很可能會讓你們起疑心，進而知道她與愛麗絲公主是串通好的，這樣的話，女王很有可能會從她那邊下手，找回愛麗絲公主。」

我接下話來繼續說：「所以我們始終追在不遠不近的地方，偶爾還會和綁匪見個面，可惜和綁匪見面的人卻是我這個沒能力留下綁匪的人，所以又讓他逃脫了。」

好一個安！到時回王宮，我這個唯一見過綁匪，卻無能留下他的人，肯定變成眾矢之的。

她還眞討厭我啊！否則，讓奧斯頓去見闇騎士不是更好？一個祭司沒能力留下敵人是正常的，沒人會說他不對，她卻偏偏挑中我。

這時，老師沉下了臉，提醒：「孩子，你見到闇騎士時，是穿著刺客裝？」

我一震，臉色大變，糟糕！如果闇騎士對愛麗絲和安公主說起這件事，他見到的人不是太陽騎士，而是一名充滿光屬性的刺客，那兩個女人用膝蓋想都知道不對勁。

「想辦法掩飾吧！」老師的語氣已經有點不滿意了。

「知道了，我會堵住他們的嘴，有必要時，滅口也勢在必行！」

我有些冷酷地回答。

艾崔斯特無力地苦笑著說：「你們兩位『光明』的太陽及前．太陽，能不能不要在『邪惡』的黑暗精靈面前，談論著滅口的話題呢？這麼違反常理的狀況讓我的心臟有點無力。」

我和老師聳了聳肩，爲了黑暗精靈的心臟著想，沒再繼續討論更不像太陽騎士會說的話題。

老師轉移話題地說：「孩子，你們一路追尋的方位大概是哪個方向？」

我想了一下，回答：「雖然彎來拐去，不過大約是往西南方。」

「西南方嗎？」老師沉吟了下，露出「太陽式」燦爛無比的笑容，提議：「我們有個任務正好也在南方，不然你就跟我和艾崔斯特同行，順便跟我們一起解個任務，你覺得好不好呢？」

「不好……」

老師溫和笑著說：「你說什麼？身爲『史上最強的太陽騎士』，爲師剛才竟然耳背了，沒有聽清楚呢！」

「非常好！」

講完，我猛灌下一整瓶酒，既然不能拒絕，只好趁現在多喝一點免錢的酒當作補償了。

見狀，老師好笑地說：「你也別在心中幹我，任務成功的話，分你三成賞金，我們三人可以做非常困難的任務，困難的任務，賞金自然也不少。」

聞言，我立刻放下酒瓶，再誠懇不過地說：「怎麼這麼說呢？老師，身爲您的學生，格里西亞必會爲老師鞠躬盡瘁，死而後已！」

「那不分你賞金了。」

我馬上改口：「但是，有點犒賞總是會讓人士氣大振的！」

「那分你一成。」

我連忙解釋：「士氣也是有分程度的，犒賞高一成，士氣自然就越高！士氣高，本來『只會』初階治癒術的聖騎士都可以用出中階的呢！如果犒賞更高一成，那士氣就高了，說不定連高級治癒術都能用得出來喔！如果犒賞再提高一成——」

老師冷笑著打斷我的話，說：「我倒是傾向於用劍架在脖子上，讓人見識一下史上最強太陽騎士的強悍程度，保證士氣高昂到連終極治癒術都用出來了。」

我閉嘴了。好吧，三成賞金好過沒有，犯不著為了提高一成賞金，槓上「史上最強」稱號。

艾崔斯特頭痛萬分。

「你們這對師徒能不能讓人對太陽騎士還有點憧憬呢？」

拯救公主第六要件

「冒險必經之路——地底洞窟。」

我緩緩張開眼睛，有點搞不清楚自己到底在哪裡，隨後，腦殼打鼓般的抽痛提醒著昨天發生的事情。

我居然會喝醉？老師後來到底又叫多少酒？看來，我根本不用冒著生命危險跟史上最強太陽騎士多拗一成賞金，光是昨天喝的酒就喝掉了吧！

四下張望，想弄清自己到底在哪裡，誰知道這一看，我立刻張大嘴。

「啊啊啊啊啊！」

腳下空無一物，地面離我的腳底起碼有二十公尺遠啊！我爲什麼會比聖殿的塔尖還高啊？

我繼續哀號：「啊啊！光明神啊！我不要長那麼高，我再也不敢偷喝酒了！」

「鬼吼鬼叫什麼？一大清早的別嚇人啊。」

這是老師的聲音。

「事實上，現在已經過中午了。」

這是艾崔斯特的咕噥聲。

我扭頭一看，老師也飄浮在半空中，剛睡醒還正在伸懶腰的樣子，眞是佩服老師啊！就算身處空中，腳下根本沒有支撐物，他老人家卻連伸懶腰都伸得如此優雅，眞不愧是優雅二十年的前．太陽騎士。

我再看仔細一點，發現空中不只兩人，還有一個全身蓋在斗篷底下的傢伙，想來就是艾崔斯特了。

他身上正散發著非常強烈的風屬性。

「你居然會飛行術？」

我還以爲艾崔斯特是黑暗屬性的生物，學習黑暗屬性的魔法對他來說事半功倍，但其他屬性的魔法恐怕不是那麼容易。

「本來是不會的。」斗篷人轉頭過來，臉孔果然就是艾崔斯特，他的表情很是無奈：「但尼奧說飛行術對旅行有莫大的幫助，硬是要我去學，花了我好大一番工夫才學會風系魔法。」

我感同身受地安慰說：「喔，我的老師總是喜歡強迫別人學習一些很奇怪的東西，習慣就好。」

「你也辛苦了。」艾崔斯特十分同情地看著我。

「沒關係，我已經脫離苦海了，接下來是你辛苦了。」

老師冷冷地說：「你們兩個，當我是死人嗎？」

我和艾崔斯特閉上嘴，轉而變成悶笑。

我忍不住開口問：「老師，我們要去哪裡？」

老師一個瞥眼，懷疑地反問：「你不會喝酒喝得忘記我和你提過的任務吧？」

「當然不會。」

我向來不會酒後失憶，除非情況須要我失憶，譬如說惹惱暴風後假裝是喝酒誤事，連自己做過啥都不記得了。

老師點了點頭，解釋：「我們現在就要過去執行任務，使用飛行術的話，可以節省很多時間，你也不會太晚回到隊伍去。」

我想了一下，的確，如果任務不會花太多時間，這樣說不定比我自己趕路追上綠葉還要快。

解決交通問題後，我更深入地問：「任務的內容是什麼？」

老師呵呵笑著說：「別擔心，這是個很簡單的任務，對你來說，尤其容易。」

「喔，呵呵！」我也跟著假笑。

想當年，老師要我學習如何優雅地摔倒時，也是帶著這麼輕鬆溫柔的語氣。

我看向艾崔斯特，後者的臉上帶著「本精靈豁出去了」的覺悟。

我已經開始思考，跟老師走與從二十公尺高的地方跳下去，然後被史上最強的太陽騎士追殺，到底哪種方式的存活率會比較高？

嗯，似乎都不太高的樣子？

飛了整整一下午，我正想出聲讚歎艾崔斯特的強大，居然可以飛行這麼久時，他降落到地面上，然後非常快樂地宣告：「現在我的力量已經用光，接下來就要靠你們了。」

你個卑鄙無恥的黑暗精靈！

腹誹艾崔斯特好一會兒後，我轉身一看，背後是個方圓百尺內寸草不生的幽深洞窟，洞口吞吐著濃濃的黑暗屬性，活像怕不夠恐怖似地，裡頭還傳來一陣陣尖叫哀號，甚至有骨頭摩擦的聲音。

老師拔出劍，愉快地說：「任務就是一勞永逸地清空這個洞窟裡面的不死怪物。」

聞言，我面無表情地說：「老師，這是個黑暗之地。」

「我知道。」

「老師，黑暗之地的定義是，不知何種原因，這種土地會源源不絕地生出黑暗屬性，正巧這個地方可能曾經是戰場或者墳場，所以底下埋的死者多如天上的星星，藉著黑暗屬性變成不死生物爬起來。」

老師一臉不耐煩地說：「我知道，你囉唆什麼？三年不見，你囉嗦的程度又更高了。」

不要生氣、不要生氣，就算生氣了也打不過他。

我努力深呼吸好幾口氣，擠出笑容說：「既然您知道，那應該也知道這種黑暗之地就算一時清空，過兩天，裡面還是會充斥滿滿的不死生物喔！所以絕對不可能一勞永逸地清空。」

老師理所當然地說：「我當然知道，否則，帶你來做什麼用的？」

剛才應該選擇跳下二十公尺高空再被老師追殺的選項。我懊悔不已，但還是硬著頭皮說：「老師，就算我的聖光能力再厲害，也不可能把這個洞窟的黑暗屬性完全淨化掉。」

「加上太陽神劍和我，盡力試試看吧！」

老師說話的語氣雖不激動，神情也很平淡，但我知道，當老師越是平淡的時候，表示他的決心更強，非做不可！

「老師，你為什麼一定要淨化這裡？」我心生奇怪，忍不住開口問：「這世界的黑暗之地這麼多，為什麼偏偏是這裡？」

老師淡淡一笑，解釋：「你知道這洞窟雖然源源不絕地生出不死生物，卻沒有對周圍造成影響的原因嗎？」

我搖了搖頭，的確是不知道。

「以前，曾經有強大的魔法師用一顆超強水屬性寶石『永恆的寧靜』，在洞窟四周布下結界，阻止不死生物走出這洞窟的方圓百尺。」

原來如此，我點了點頭表示理解，黑暗之地一直是各國頭疼的地方，國家會用盡一切方法阻止黑暗之地造成損害，找上魔法師或祭司合作，創造出可以封住那些黑暗生物的結界，就是最簡單快速的方法。

老師淡淡一笑，用平靜表情說出爆炸般的宣言。

「我要那顆『永恆的寧靜』。」

我一愣，原來是這樣，老師想要那顆永恆的寧靜，但只要他拿走那顆寶石，洞窟周圍的結界立刻就會崩潰，到時不死生物便能從這個洞窟擁出，到處去傷害其他生物。

但我相信，老師絕對不會讓這種結果發生，也因此，他必須先淨化這個洞窟，之後再拿走寶石，就不會造成任何傷害。

想到這，我的臉垮下來，帶著一絲希望地看老師，問：「您一定要那顆寶石嗎？沒有別的替代品？」

老師淡淡地說：「除非你能找到一樣強大的水屬性寶石，但我打探良久，就只有『永恆的寧靜』比較適合。」

我咕噥，就算有同樣強大的寶石，取得的方法恐怕只會更難，否則早就被其他人拿走了。

看來不管怎樣都要陪老師走這一遭了，我回頭看著黑暗的洞窟，只希望這不要是自己的葬身之地就好。

直接闖進去不是明智之舉，我連忙問：「老師，您有沒有什麼計畫呢？」

老師立刻回答：「有。」

看見老師充滿自信的樣子，我頓時有了無窮希望，期盼地問：「計畫內容是什麼？」

我的老師神祕兮兮地豎起一根食指，然後指向山洞，說：「一路殺到最裡面，休息一天等你的聖光能力恢復到最大値，施展淨化，拿走『永恆的寧靜』，完成任務！」

我瞬間面無表情，這個叫作計畫的話，那「找到敵人，打敗敵人，救回公主，回國結婚」，就是自古以來騎士拯救公主的完整冒險計畫，再過一千年也不須改動一個字。

「這還算好的了。」這時，艾崔斯特幽幽地開口說話了，「你不知道我們上一次是在什麼情況下闖進龍洞偷一頂王冠。」

「什麼情況？」我立刻問，因爲自己現在迫切需要知道更悲慘的情況，才能覺得現在的情況還不算太糟，然後欣然面對接下來的苦難。

艾崔斯特含淚控訴。

「祭司前一天晚上嫖娼沒有睡，聖光量不到四分之一；戰士的劍斷了，送修還沒拿回來；盜賊去探路的時候，開到寶箱就捲款潛逃；魔法師煮飯的時候，不小心燒掉一半的魔法卷軸；聖騎士酒喝太多，還在宿醉！」

聽到這裡，我突然覺得不對，問：「等一下，那個笨到燒掉卷軸的魔法師是誰？」

「是我。」艾崔斯特慚愧地低下頭。

「宿醉的聖騎士？」我感覺非常不妙。

「是我。」老師回答完，一個瞥眼，威脅性十足地說：「跟史上最強的太陽騎士組隊，你有什麼不滿嗎？啊？」

「沒有，當然沒有！」我由衷地說：「不過，老師，您該不會還在宿醉？」

「唉！」老師不耐煩地揮手：「昨晚沒喝那麼多。」

我放心了。

「所以只有一點點宿醉而已。」

「……」

我的光明神啊！麥凱、奧斯頓、安，還有最親愛的綠葉，你們真是世界上最好的冒險夥伴，我真的錯了，請你們救救我吧！快過來把我撿回去你們隊伍裡去，要我當祭司都行！

可惜，我和綠葉的感情還沒好到可以心靈相通，所以到最後他也沒能來救人，我只能跟著老師踏進和自己的前途差不多黑暗的山洞。

一走進山洞，兩旁居然各站著一排骷髏，看起來是新鮮的屍體而不是陳年古物，很有可能是來此冒險的冒險者一個不小心就在這裡定居了，也因爲新鮮，所以骷髏上還掛著不少「料」，血肉並沒有完全腐爛，因此，嚇人的效果也更好了，除了視覺攻擊，我覺得自己的嗅覺也受到不可彌補的傷害。

老師捂著鼻子說：「你還不快點轟死它們，簡直臭死我了！」

我「喔」了一聲，隨手爆出聖光，接著就聽到骨頭散落一地的聲音，當聖光散去後，排排站的骷髏已變成滿地粉末，就像鋪了一層「白地毯」在歡迎我們的到來。

接下來，雖然老師說他有一點宿醉，但仍舊是一劍劈出去，開路開到底，有時還不小心用力過度，幫忙拓寬山洞，我有點擔心山洞會塌陷，不過仔細想想，就算眞塌了，老師還是可以重新劈出一條山洞來，根本沒什麼好擔心的。

至於艾崔斯特，雖然他在降落時很歡樂地說他沒力量了，但在我「不小心」遺落一個骷髏沒擋下來、骷髏朝他衝過去之際，他淡淡地看了它一眼，然後殺雞用牛刀地使出一招高階黑暗魔法「地獄火」，把人家烤了個外酥內脆。

因爲地獄火範圍太大，火勢不小心蔓延出去，造成了骷髏大火，火勢一發不可收拾。

這個時候，我施展出風刃──幫自己搧風。眞熱啊！

到這個時候，我終於明白老師加上艾崔斯特的實力到底有多高了，他們能夠在亂七八糟的情況下闖進龍洞，還有命回來，不是沒有理由的。

又砍掉幾具骷髏的艾崔斯特送了我一顆格外潔白眼，沒好氣地說：「你會不會太清閒了一點？」

我還來不及說話，我的老師就先解釋：「艾崔斯特，你要把他當祭司看。」

「喔！」艾崔斯特恍然大悟，非常抱歉地對我說：「對不起，祭司這種時候的確是該在後方納涼，不過你可不可以分我一點風刃呢？實在有點熱。」

「好。」我拿威力減弱版的風刃劈他，順便提醒：「下次別在密閉空間用地獄火這種魔法，害人就算了，還害己。」

「就是說啊！」老師拿著他自己的肩甲搧風。

「是、是，眞是不好意思，熱到大家了。」

艾崔斯特非常勇敢地認錯了，眞是個知錯能改的黑暗精靈。

接下來，因爲火勢看來短時間內無法撲滅──山洞深處的不死生物不停撲進去當燃料──所以我們三個只好坐下來，開始準備午餐，用現成的「火」烤起肉來。

「拿燒屍體的火來烤肉不太好吧？」艾崔斯特面露噁心地看著那些烤好的肉，憂慮地說：「而且還是黑暗魔法的火，說不定對人體有害呀？」

「就算對人體有害也不關你的事啊！」我理直氣壯地說：「你又不是人。」

艾崔斯特想了一想，點頭同意：「這麼說也是。」然後就放心地開始吃肉了。

等到我們吃飽喝足以後，火終於變小，我們就這麼大剌剌地走過一堆灰燼，然後繼續往裡面走。山洞四通八達，實在讓人不知道該往哪走，所以只好採行老師提出的方法，往不死生物強的地方走，絕對不會有錯。

我們從最低階的骷髏打到更臭的食屍鬼，那是一種腐爛到一半的屍體，身上掛著許多風乾肉，行動緩慢，雙手變異，手指極長還帶著劇毒，只要被抓出傷口就會中毒，若隊伍沒有祭司或藥水用以解毒，那就可以開始挖自己的墳了。

但不要說被食屍鬼抓傷會中毒，它這麼臭，我離它十公尺遠就快被臭死了，要是近得可以碰到，我肯定自己把鼻子割下來，哪還要等中毒！

「喝啊！你們這些臭死人的東西，快給我去光明神面前懺悔自己沒洗澡吧！」

我一手捏住鼻子，另一手拚命用風刃搧去臭氣，一口氣爆出萬丈光芒，照得整個山洞彷彿清晨日出光芒大盛，當聖光散去時，整個山洞終於乾淨了，連空氣聞起來都帶著清爽的味道。

我放下捏住鼻子的手，滿意地說：「聖光果然是消毒殺菌除臭最有效的方法。」

接下來的路程，又遇到變異的屍體、腐爛的地獄犬、會吸人血的屍體、外表像個巨大眼球的眼魔、全身黑漆漆的影鬼……

總之，有形體的怪物若是一隻兩隻，會在一照面時被我老師劈成碎屑；有形體的怪物若是成群結夥，那我就可以見識到艾崔斯特各式各樣的黑暗魔法，同時隱隱感覺自己偷學到不少招；如果是無形體的怪物，例如影鬼，就會被我的聖光消毒殺菌徹底滅掉。

途中，我們還會遇到另一支在這裡冒險的隊伍。

一開始，他們五個人被巨大的骷髏武士遮住了，我們並沒有注意到他們，在老師一劍劈死那隻骷髏武士，讓它「轟」的一聲倒地後，才看見那五人。

他們是很標準的冒險隊伍，戰士、弓箭手、盜賊、戰神祭司，還有一個比較少見的職業，被稱爲森林之子，擅長變形成各種動物，兼差解毒治癒的德魯伊。

一看見有外人，艾崔斯特立刻把斗篷帽拉上，將自己的面孔完全遮住。

他們五人呆愣愣地看著我們，老師沒料到有人，愣了下，才露出「太陽式」璀璨笑容，以溫文儒雅讓人心生好感的態度開口說：「很抱歉，我一時眼拙，竟然搶走你們的獵物，這隻骷髏武士請當作是你們打倒的，所有的戰利品都屬於你們。」

對方五人更是專注地看著老師，其中兩名女性，弓箭手和戰神祭司放光的雙眼大概叫作「一見鍾情」；戰士的表情叫作「瘋狂崇拜」；盜賊看著老師手上那柄寶劍和身上不凡的盔甲，兩眼都變成金幣的形狀；德魯伊就正常多了，他微微皺眉，露出警戒的姿態。

看來在這支冒險隊伍中，德魯伊應該是實質上的隊長，至於名義上，可能是那個站在最前方的戰士吧？

德魯伊皺著眉頭打量我們三人，遲疑地問：「你們是一個隊伍？騎士、刺客和魔法師？」

「不是的，他是一名祭司。」老師比著我，又說：「我則是聖騎士。」

「祭司？」德魯伊有點懷疑地說：「但他穿著刺客裝。」

我的老師帶著讓人信賴的笑容說：「喔，因爲他的祭司外袍在烤肉時不小心燒出好幾個洞，所以只好換上刺客裝。」

這時，我走上前去發出耀眼的聖光，將地上的骷髏武士消毒殺菌，變成一堆白骨灰，還有一些戰利品，像是破損的盔甲、首飾和寶劍，這個骷髏武士生前的地位應該還不低。

我滿意地點點頭，一個抬頭，卻看見對方五人全傻愣地看著我，這群人眞的是很喜歡發呆。

這時，艾崔斯特在後方輕聲快速地提醒：「你沒唸咒語。」

該死！我忘了。

看過我施展這一手後，連德魯伊都呆呆地點頭，完全不去思考爲什麼一個沒有刺客的隊伍，祭司沒衣服竟然會穿上刺客裝。

不過，其實我穿的衣服也不是刺客裝，而是艾崔斯特穿在魔法師袍子底下的衣服，但因爲有黑色和比較貼身兩個特徵，所以還眞挺像刺客裝，雖然比不上龍的聖衣這麼經典。

這時，德魯伊不捨地看了地上的戰利品幾眼後，對我們說：「這隻骷髏武士屬於你們，事實上，如果不是你們到來，我們恐怕走不出這山洞了。」

聞言，我打量對方，他們看起來果然狼狽不堪。

我好心地提醒：「那你們可以走出去了，後方的不死生物已被我們解決，沿路沒有什麼危險。」

德魯伊苦笑著說：「這是不可能的，這裡的不死生物只要三天就可以完全復原，恐怕外面已經再度充滿黑暗生物，而我們已經不像剛進來那般準備充分，恐怕走不出去。」

這時，戰士非常懊惱地說：「對不起，都是我帶你們走得太深入了。」

其他夥伴安慰地說：「不怪你，誰也無法料到居然會在這裡就遇上骷髏武士和地獄犬，否則我們絕對沒有問題的。」

看他們一副要死的樣子，我忍不住插嘴說：「可是我們剛剛才殺完外頭的不死生物，它們還沒有時間重生。」

對方一愣，戰士忍不住開口問：「你、你們殺到這裡花了多少時間？」

老師沉默不語，艾崔斯特裝死，我只好用力思考一般隊伍到底需要花多少時間才能來到這裡，我小心翼翼地試探：「大約三……」

「什麼？三天？」對方嚇了好大一跳，驚呼：「我們有五個人，都花了一週。」

「……」其實我想說三個小時，不過實際上只花三十分鐘，還好沒說清楚。

「如果你們只花了三天，那麼沿路的不死生物可能真的還沒重生完畢！」

對方欣喜若狂，一副撿回命的樣子。

「是呀！你們快把地上骷髏武士的戰利品撿一撿，然後就出去吧，別擔心，我們沒問題的。」

老師對他們揮了揮手，還「好心」地提醒：「跑快一點吧，否則等等不死生物重生，那可就糟糕了。」

我無言地看著老師的不良舉動，對方有足足三天的時間，爬出去都來得及。

但對方聽見老師的話後，不再矯情說不要，而是連忙撿起戰利品，最後表達幾句感謝的話，緊接著就匆忙離開。

看著對方腳步快速地朝出口方向奔跑，好像一輩子都不敢再來這個地方，我有點難以置信，自言自語：「原來我們這麼強？」

聞言，老師笑了一下，有點嘲弄地說：「你以爲自己是誰？我又是誰？艾崔斯特是幾歲的魔法師？」

「事實上，我們這個隊伍還比不上你的上一個隊伍。」

艾崔斯特思索著細數：「戰士是戰神之子，還有同樣威名遠播的女中豪傑安公主，弓箭手是綠葉騎士，再加上可以強化戰士的戰神祭司，祭司則是號稱史上神術最強的太陽騎士，你們就算把隊名叫作屠龍冒險隊，都是名符其實的。」

聞言，我突然感到安心了，本來對於自己脫隊這件事還有點擔心，但一聽到我們隊伍原來眞的有可以屠龍的強橫實力，那不管遭遇什麼事情，都不會有危險的吧！

這時，老師卻突然沉下了臉，教訓道：「但世事無絕對，孩子，你永遠都不知道更強橫的隊伍會不會出現在你們面前，絕對不可以掉以輕心。」

我低頭受教，心中卻不怎樣認同，難道這世上還有比龍更可怕的東西嗎？

老師大概覺得自己有些多慮了，沒再繼續斥責我，但不知怎麼著，他卻還是皺著眉頭，催促道：「走吧，快些把事情做完，讓你可以回到隊伍去，我總有種不安的感覺，不管如何，擅自脫隊太久總是不好，若不是事情一定需要你，我也不會讓你一直待在這裡。」

我點了點頭，但心頭卻不怎麼著急，因為已經知道安公主想拖延時間，讓愛麗絲公主可以成功私奔，就算我回去也只是被她拉著繞來繞去，所以就不怎麼急著回去了。

再者，其實我也不怎麼想棒打鴛鴦，畢竟之前遇見那名帥到讓人想打死的闇騎士時，他沒有對我出手，還算是個講理的傢伙，所以我並不是那麼想硬拆散他和公主——戰神之子還老是鄙視我。

這時，老師嘆了口氣，說：「走吧！把事情做完，你就可以回去了。」

我點了點頭，乖乖跟老師走。

接下來，我們大約花兩天的時間在洞窟中繞來繞去，只為尋找「永恆的寧靜」。

這兩天其實過得挺快活的，艾崔斯特總有說不完的故事，他述說著自己的地底故鄉風光，離開故鄉後的冒險經歷，雖然對於本身的過往，他總是含糊帶過，但那也不要緊，每個人都有自己的隱私。

我則告訴他聖殿中發生的事情，他總是興致勃勃地聽，說到最近幾年的事情時，連老師都忍不住聽得哈哈大笑，讓我十分吃驚，沒想到老師退休以後，個性倒是豪邁許多，不再像以前那樣講究優雅。

老師似乎不像以前那般動不動就讓我死去活來，我這才敢小心翼翼地提起羅蘭的事情，說的途中還不時觀察老師的神色，就怕他指責我胡鬧，堅持要把羅蘭綁上火刑柱。

一說完，老師還沒什麼反應，倒是艾崔斯特失笑。

「難怪你對我這個邪惡的黑暗精靈一點偏見都沒有，原來你已經和死亡騎士交上朋友了，區區的黑暗精靈算什麼呢？」

老師則是無奈地說：「你真是無法無天了，居然讓死亡騎士當上魔獄，光明神怎麼就沒降道光劈死你。」

聞言，我有點緊張地問：「老師，你不會揭發羅蘭的事情吧？」

老師沉默了好一陣子，直直地盯著我，嚴厲地說：「你必須答應我，不能讓他離開聖殿，還有在你退休之前，毀滅他！」

我正想抗議毀滅羅蘭這件事的時候，老師卻強硬地說：「他多活上十幾年也夠了，如果你不想讓他死在你的學生手上，就在你失去光明神的眷寵之前，徹底解決他！否則當你把太陽神劍交給繼任者後，你可能沒有足夠的力量可以解決他。」

我沉默不語，想到要用聖光轟殺羅蘭，心中就悶得說不出話，但最後還是點了點頭，雖然心中隱約覺得即使到了那個時候，恐怕自己還是下不了手，不過十幾年後的事情還是留給十幾年後的我去煩惱吧！

「你這孩子就是心太軟，只要別人不犯你，就算對方再怎麼有危險性，你也不會動手。」

老師嘆了口氣，拍著我的肩頭說：「你這樣的個性不能說不好，如果不是這種個性，艾崔斯特也不會這麼快就把你當朋友，但是你這個性卻也很危險，我擔心你總有一天會爲此付出代價。」

我低頭假裝受教。老師也眞是的，就算退休了還是忍不住想指導學生。

「孩子。」

老師喚了我一聲，我抬起頭來，他像摸小孩般摸著我的頭，說：「不管發生什麼事情，別忘了總是有史上最強的太陽騎士在。」

「順便算我一個吧。」艾崔斯特微笑著說。

聽到老師和艾崔斯特的話，我心頭是暖和的，但又忍不住抱怨：「還說呢！老師你一退休就不見人影，之前國王跟公主和我鬧得不愉快，如果有您在，他們肯定乖乖照您的話做，我哪需要弄得自己焦頭爛額。」

聽到我的話，老師馬上敲了我一記腦袋，罵道：「你這臭小子都這麼大了，難不成還要我在旁邊當奶媽啊？那種小事，自己解決！」

「這還算小事，那到底什麼事可以找您呢？難不成眞的要去屠龍才能找老師嗎？」

我一邊摸腦袋一邊小聲抱怨，換來老師的白眼和艾崔斯特的悶笑聲，見狀，自己都笑了出來，如果真的要屠龍，聖殿肯定是大動員，到那時候，十二聖騎士都在我身邊，以他們的強大，我怎麼可能還需要找老師呢。

我們邊聊天邊繼續進行旅程，現在主要把怪物轟飛的人是老師，我和艾崔斯特負責在後方聊天。

黑暗精靈讚歎：「不管看幾次，還是覺得尼奧真是強悍，即使在我擅長戰鬥的族人當中，也沒有人可以這麼強大。」

我心有戚戚焉地說：「是呀，老師可是號稱史上最強的太陽騎士，他現在就這麼強了，當老師還擁有光明神的眷寵時，你可以想像他到底有多囂張！」

「有沒有光明神的眷寵並不重要吧？」艾崔斯特淡淡地說：「即使有眷寵，難道尼奧的劍術會變得更好嗎？」

「唔，怎麼說呢。」我發覺艾崔斯特似乎不太喜歡提到信仰？「劍術的確不會比較好，但身爲光明神的代言人總是有那麼點好處。」

這話題似乎眞的讓艾崔斯特感到厭惡，他反駁道：「一點光屬性就讓人把信仰都寄託給神祇了嗎？」

我偏著頭想了一想，舉出一個自認爲最有力的例子。

「我是三十八任太陽騎士，前面的三十七位太陽騎士沒有任何一位在任內死亡。」

艾崔斯特露出非常訝異的表情，難以置信地問：「難道太陽騎士有不死之身？」

「當然不是。」我白了他一眼，沒好氣地說：「只是很難死掉而已，因爲我們體內聖光充足，復元能力實在太強了，只要不受到致命傷，幾乎不會死。」

這時，前方的老師笑了出來，一邊殺怪一邊說：「據說，第十任太陽騎士曾被劍刺中心臟，但最後還是活下來了。」

艾崔斯特難以置信地搖了搖頭。

我笑著說：「你想想老師現在就這麼強大，如果再配上太陽騎士的超強恢復力，你認爲他會有多麼強——」

我猛然停下話來。

艾崔斯特有些奇怪地看著我，不解地問：「格里西亞？」

我深呼吸一口氣，比向前方，說：「我想我們找到目標了，那邊岔路的盡頭有著非常強大的水屬性。」

聞言，老師一劍砍飛面前怪物，擺出揮劍前的起手式，就此停頓三秒，緊接著氣勢萬千地揮出一劍，一道強大劍氣衝出去。

我的金髮和艾崔斯特的白髮都被劍氣吹得瘋狂亂舞，我倆面無表情地看著那條岔路彷彿引爆一連串魔法卷軸，一路「轟轟轟」衝出去，然後發出一聲讓人耳鳴的「砰」，最後是一陣瀰漫的煙霧，久久不散……

老師心情愉快地轉身對我們說：「好了，怪物都清空了，孩子，進去休息夠了以後，就開始進行淨化吧，爲師會守在洞口，不讓任何怪物進去打擾你。」

艾崔斯特轉頭看著我，語氣生硬地說：「我眞的覺得尼奧不需要什麼光明神的眷寵，也沒有任何東西可以殺掉他。」

「你說的對。」我再認同不過地說。

拯救公主第七要件

「冒險必經之過程——犧牲。」

我緩緩張開眼睛，頓時感覺這場景還眞有點熟悉，若不是想起來沒有喝酒，差點以爲自己又喝得不醒人事，醒來發現人在高空了。

記憶首先回籠，我喃喃自語：「對了，我是施展淨化，體內所有聖光都用得乾乾淨淨，才不支昏倒。」

雙眼終於開始聚焦，四肢的感覺也漸漸回來了，我立刻發現自己身處森林之中，因爲眼睛被陽光閃得都要花了，而且全身痠得要死，肯定是睡在硬邦邦泥土地的後果！

腰痠背痛地爬起來，我左右看了看。很好，還是森林，周圍全是樹木，地上很髒，眞希望自己是在豪華宮殿的大床上醒來，不過話說回來，要是眞的在那種地方醒過來，我搞不好會以爲自己已經回到光明神的懷抱了。

老師和艾崔斯特呢？

直到坐起身來，我才看見一張紙從胸口滑到腿上，撿起來的第一眼就看出上頭的字跡絕對屬於我家老師！

老師的字就和他的爲人一樣優雅，龍飛鳳舞，活像是一幅圖畫般賞心悅目，唯一的缺點是——美得讓人認不出那是什麼字。

三年不見老師的字跡，這字又更美了，這上面的字寫的到底是「學生」還是「肉串」啊？

既然是留給我的，開頭應該是學生吧？

不過如果淨化失敗，老師沒拿到「永恆的寧靜」的話，那這個詞也很有可能是肉串，老師搞不好是氣得留信說他要把我做成肉串，現在已經去找木炭生火準備把我烤熟，讓我留在原地乖乖等著去見光明神。

不管了！就先當作是學生好了，我繼續讀下去。

親愛的學生，淨化十分成功，黑暗之地已經變成普通的山洞，永恆的寧靜也順利拿到手了，現在就掛在你的脖子上。

我愣了愣後低頭一看，果然看到一顆湛藍的寶石被黑繩子綁得牢靠，然後掛在自己胸前，老師把永恆的寧靜掛在我身上幹嘛？該不會這顆寶石有什麼危險性吧？

我連忙繼續看信。

別擔心，這顆寶石沒有任何的危險性。

……老師眞了解我。

只是它散發出來的能量太驚人，爲師若拿在手上，恐怕會有源源不絕的魔法師爲了它來找我的麻煩。

所以，爲師三思之下，也只有你的濃烈光屬性能掩蓋它的水屬性，因此，這顆寶石就先放在你身上，千萬不要拔下來，以免被其他魔法師發覺它的存在，到時候，你就麻煩大了。

嚴重警告：不准把寶石賣掉！你老師我要用它的時候會去跟你拿，要是不見了，你就死定了！

你最親愛的老師　筆

還說這顆寶石沒有危險性，雖然寶石本身不會爆炸，不過，被它吸引來的魔法師就非常擅長炸死人！

我實在欲哭無淚，可是也不敢違抗老師說的話，只好趕緊把永恆的寧靜塞進衣服底下，免得有人看到它，起了搶奪的念頭。

收好寶石和信件，我觀察四周，發現自己竟然不在山洞附近，不知道被老師帶到哪裡，四面八方全是樹，這樣該怎麼回去綠葉那邊？

只好試試看使用感知，我嘆了口氣，想不到感知這種驚世駭俗的能力，在自己手上竟是迷路的時候最好用。

由於不知道綠葉到底在多遠處，我只好把感知聚攏成一束，儘可能放遠距離，然後往周遭搜尋，本來只是聊勝於無的嘗試，沒想到還真的找到了，他們離我不遠，可能只有一個小時的路程。

看來昏迷的時候，艾崔斯特應該曾經用飛行術帶著我飛了一段距離，這才趕上綠葉他們。

接下來感知到的東西更讓人吃驚，綠葉他們附近有著非常強烈的黑暗屬性，難道他們眞追到闇騎士了？

雖然就算是闇騎士也不可能打贏戰神之子，但我有種不祥的預感，眾人的屬性值似乎比平時來得低，這種情況應該出現在過度使用力量透支之後，而會讓戰士使用大量力氣的事情自然是戰鬥了。

奇怪，綠葉的光屬性怎麼會流失得這麼快？

這不像施展聖光而流失掉的量，莫非……我心頭一顫，手撫到胸口，喊道：「龍的聖衣啊，我以龍的傳人之名，命令你，發動！」

穿上龍的聖衣後，我立刻拔腿朝綠葉他們的方向跑，速度快得就像是一道風。

感知到綠葉的光屬性流失得越來越多，心頭那股不祥感也越來越濃重，驅動著我不斷奔跑，跳躍過一個又一個草叢，感覺到心臟大力地鼓動，彷彿下一秒就會胸口爆開，更別提腹側早就抽痛到麻木。

我大口大口地呼吸，如果不這樣，好像就不足以支撐現在的劇烈活動。

快點趕到綠葉身邊去啊！快啊！

換上龍的聖衣後，本來一個小時的路程竟然在二十分鐘內就跑完。

衝到綠葉等人附近時，我收回龍的聖衣，這才跳出草叢，眾人的狀況映入眼簾，但我的心卻猛然緊縮……

一大塊早已沒有樹的空地，周圍全是斷枝殘幹，地面滿是焦黑與坑洞，顯然這裡發生過非常激烈的戰鬥。

麥凱全身傷痕累累，盔甲殘破不堪，整個人根本站不穩，所以只好倚靠在斷了半截的樹幹上，狀似在發呆。

安跌坐在地上，傷痕比麥凱少一些，神情卻同樣呆愣。

奧斯頓正努力施展不入流的治癒術，施展的對象卻是綠葉。

綠葉正仰躺在地，綠葉神弓就躺在他身旁，卻沒有被握住。

這時，麥凱和奧斯頓發現到我，他們抬頭看著我，神色蒼白，奧斯頓張了嘴，但又沒吐出半句話，似乎已經不知自己該說些什麼。

我一邊走過去，一邊把眼神移到綠葉的臉上，他閉著雙眼，顯然昏迷不醒。

「綠葉？」我輕呼一聲。

他絲毫沒有反應，卻是一旁的三人有了反應，安哽咽出聲，隨即趴倒在地上，痛哭失聲。

哭什麼？有什麼好哭的……

走到綠葉身邊，我感知到他身上的光屬性漸漸流失，取而代之的是黑暗屬性，這時，一個普遍的常識不受控制地竄入我腦中。

聖騎士只有在墮落或者死亡以後，才會被黑暗屬性侵蝕。

綠葉！一股痛竄過我的全身，全身彷彿從心臟開始碎裂，蔓延到手腳，疼得都麻了。無法再多看一眼，我轉過身大步朝麥凱走去，抓住他的雙肩，感覺自己震怒之下的力量連他的肩甲都可以捏碎。

我顫抖地控訴：「綠葉怎麼會死？有你這個戰神之子擋在前面，你都還活著，後方的弓箭手怎麼可能會死！」

如果、如果讓我知道，是你們故意袖手旁觀，看著綠葉被殺死，我絕不放過你們！

聞言，麥凱的臉色很是蒼白，他茫然又慌亂地說：「我們追上那個闇騎士和愛麗絲，但這裡似乎是個埋伏，我們的戰鬥受到很大阻礙，終究打輸了，他們越過我、越過安，卻殺死艾梅。」

奧斯頓連忙叫喊：「太陽騎士，你冷靜點，他們……」雖然嘴上說著冷靜，他的聲音卻是顫抖的。

「他們走的時候，讓我們留話給你。」

我狠狠瞪向奧斯頓，卻無法對他渾身上下的傷勢視而不見，他們三人都經過惡鬥，這點無庸置疑，綠葉身上的傷甚至比麥凱和安更少。

奧斯頓深呼吸好幾口後，說：「他們說，施展過起死回生術的您就算追上去，也不可能打得過他們，所以，請您不要追上去。」

我的臉色猛地慘白一片，原來，只殺死綠葉，竟然是爲了拖延我嗎？

雖然麥凱他們打輸了，但以他們的實力，即使是被埋伏才打輸，恐怕對方也不可能全身而退。

如果我現在追上去，說不定眞能留下他們，所以他們才故意殺死綠葉——等等！我遲疑了一下，明明這陣子都故意表現得很弱，怎麼還會讓對方有所忌憚？

用力甩了甩頭，現在我的腦袋一片混亂，根本無法思考，無論如何，若不是因爲自己會起死回生術，他們絕不敢殺死綠葉。

那名闇騎士那麼強大，肯定是渾沌神殿的重要人物，他竟然敢殺死光明神殿的綠葉騎士，若綠葉眞的就此死去，將會導致光明神殿和渾沌神殿之間全面開戰！

現在，綠葉還有一個機會。

但一想到這，我的心都涼了，爲什麼又是起死回生惹的禍？上次是差點害死亞戴爾，這次竟然眞的害死綠葉。

起死回生，到底是在救人，還是在殺人？

一旦知道可以復活，就開始不在乎生命了嗎？

這時，一旁安靜許久的安突然跳起來，對著我尖叫：「你憑什麼怪麥凱！我們在奮戰的時候，你在哪裡？你到底在哪裡？你說啊！」

聞言，我放開麥凱，踉蹌後退兩步，雖然離開隊伍是爲了探查老師和艾崔斯特，但我在探查清楚是熟人後並沒有馬上回來，反而和老師他們胡混兩三天。

「我以爲不會出問題，戰神之子、戰神祭司，再加上綠葉的弓術，對方只有闇騎士和風屬性魔法師，就算他們眞的出手，怎麼可能會打輸？就算打輸，以綠葉的速度又怎麼可能逃不掉？」

我喃喃自語，在推託、在找理由，如果不是這樣，恐怕我第一個想殺死來爲綠葉報仇的人——是我自己！

「他們還有一個強力的幫手，非常強大。」

奧斯頓的呼吸急促起來，彷彿光是回想那個人，就可以耗費掉無數的精力，他虛弱地說：「我懷疑那是一名渾沌祭司。」

「渾沌祭司」一詞就像閃電般打中我的腦袋，一瞬間就明白過來。

光明祭司擅長治癒；戰神祭司擅長強化同伴；渾沌祭司卻擅長攻擊，他們攻擊的方式和亡靈法師很相似，幾乎可以說是亡靈法師的進階版，有渾沌神助的亡靈法師！

幸好，他們人數非常少，少得連渾沌神殿都不敢讓他們出來行走，因爲哪怕死掉一個，對神殿來說都是可怕的損失。

奧斯頓喃喃自語：「那名渾沌祭司強大得不可思議，怎麼會那麼強？怎麼可能？」

麥凱臉色陰沉地說：「那個闇騎士也很強，說不定他就是渾沌神的代言人！」

我看了戰神之子一眼，他果然不是管事的人，居然連這點也不知道，渾沌神的代言人根本不是闇騎士，不過就算不是代言人，恐怕對方一定也是渾沌神殿非常重要的人，否則，絕不可能和戰神之子對戰而不落下風。

但那一切現在都不重要，一點都不重要。

我深呼吸一口氣，對三人說：「我要施展起死回生術。」

三人一愣，奧斯頓禮貌地問：「我們須要走開嗎？」

我搖了搖頭，說：「不，我需要你們的保護，不要讓任何東西靠近我，哪怕是一片落葉！」

「好！」

三人都臉色堅決地點頭，其中，奧斯頓的眼神特別亮，但這沒什麼好奇怪的，任何祭司知道自己可以親眼目睹起死回生這種頂級神術，都會是這個表情，如果是光明祭司在這裡，恐怕都興奮得大吼大叫起來了。

「綠葉死去多久？」我仔細地問。

「三十分鐘左右。」奧斯頓非常精準地回答。

時間很充裕，我用劍在綠葉躺的周圍畫出一個大圓，將我倆框在裡面，然後轉頭對三人說：「從現在開始，不管我做什麼，你們都不要開口說話，也絕對不要讓任何東西進入這個圓。」

三人再次嚴肅地點了點頭，同時站起來，在圓的外面成三角形站定位，手持武器戒慎以對，用行動表明他們的決心。

見狀，我放心多了，有這三人在，除非是剛才的闇騎士和渾沌祭司殺回來——等等！會不會他們打的主意就是如此？

趁我施展復活術的時候，將我們一網打盡！

我皺眉觀察著綠葉，他是被細劍穿心而死，傷口很小，這種傷勢讓我放心了，如果是渾沌祭司，應該知道屍體被破壞得越嚴重，施展起死回生術就越困難，如果他們是想將我們一網打盡，綠葉的傷痕不會這麼小。

雖然還是有很多疑慮，但已經不能再顧慮東顧慮西，再不讓綠葉睜開眼睛，我都要瘋了！

我開始以劍代筆，在地上刻起魔法陣，這玩意兒本來該用魔法粉末來畫，但我沒有，這種有風的地方也不可能用那種東西。

魔法陣十分複雜，我不知道刻了多久才總算完工。

接下來，我只是靜靜地看著綠葉，雖然是死於非命，但他看起來其實很安詳，除了臉色略顯蒼白，完全看不出來已經不會再張開眼睛，彷彿只是睡著。

嘴角甚至是帶著一股笑意的感覺。

艾爾梅瑞一直都是這麼樂天知命，幾乎可以說逆來順受了，雖說綠葉騎士的個性本就如此，但哪個十二聖騎士不是表裡不一的人？

大地可一點也不忠厚，我又哪裡眞的仁慈博愛了呢？

「說到大地，小時候，我和大地吵架，總是你出來居中調停，在我們兩個之間跑來跑去，用笑臉來面對我們兩個的臭臉，直到我們肯跟對方說話爲止。」

有一次，我們怎麼都不肯合好，最後，你在我們中間嚎啕大哭，哭得那個淒慘勁，連路過的審判都用危險的目光瞪我和大地，害我們顧不上吵架，只能聯手安慰你，求你不要再哭了。

我不斷回想，記憶一直回到最開始的時候。

「記得第一次看到你的時候，你臉上就掛著笑容，我可以笑得比你璀璨，比你受人信賴，比你好看，但永遠都沒辦法像你笑得出自眞心，笑得像一陣舒服的涼風。」

我沉默了好一會兒後，不得不開口說：「但你知道嗎？其實我一直討厭你的笑容，你的眞心微笑像是在諷刺我，諷刺我的笑容有多虛假，你這個表裡如一的好人也在諷刺我，不停告訴我，你才是眞正善良的人，而我根本不是。」

「所以我總愛欺負你，連出來冒險都不忘找機會欺負你，可是你卻始終不肯生氣，對我怒吼發怒有那麼困難嗎？最後，你唯一會做的叛逆事情竟然是釘稻草人！」

我忍不住低吼：「你就一定要這麼善良嗎？你這個笨蛋！」

我一直一直不停回想與綠葉相處的過往，直到臉上流滿淚水，一滴滴落在綠葉身上，直到自己腦中除了想看到綠葉再次張開眼睛，再也沒有旁的想法。

艾爾梅瑞，我不會讓你死，也不會讓你有缺陷地復活，除了完好無缺地回到我身邊以外，你不會有其他狀況！絕不！

我閉上眼，壓下快逸出喉頭的哭聲，抬頭仰望天空，望著遙不可及的太陽，想從中窺探到見不著的光明神。

我緩緩地開口，一字一句，清清楚楚。

「光明神啊！請您傾聽我的悔恨、我的愚蠢，我口口聲聲自己最重視的就是聖騎士，口口聲聲所有的聖騎士都是我的親人、我的同伴，誰也不許傷害他們，但我卻拋下艾爾梅瑞．綠葉不顧，在他瀕臨危險的時候，我沒有盡到一個同伴該有的責任，我不在他的身邊。」

我深呼吸一口氣，祈求：「我的罪深得無法用言語來表達，我願意爲此付出任何代價，祈求您別將艾爾梅瑞．綠葉帶回到您身邊。」

「慈愛的光明神啊！我對您發下誓言，我願意爲了再次見到艾爾梅瑞．綠葉張開眼睛，『付出任何代價』，請以我的左手之血驅動他的左手，請以我的右手之血驅動他的右手……」

我把太陽神劍鋒利的劍刃抵在自己的左手臂上，讓流出來的血液順著劍身，滴落到綠葉的左手上，接下來是右手、雙腿……

直到綠葉身上沾滿我的血，這才開始進行下個階段的儀式。

我深呼吸一口氣，將太陽神劍刺進他心口的致命傷。

緊接著跪在地上，抬頭仰望，雙手高舉，祈求那遙遠的、看不見的光明神。

請您把完好無缺的綠葉還給我，我可以付出任何代價。

請把完好的綠葉還給我。

還給我！

再次低下頭，我緩緩握住太陽神劍，聖光從身上爆發出來，然後集中到太陽神劍上，通過劍身，蔓延到綠葉全身，又朝外擴散到魔法陣上，讓每一絲陣文都充滿聖光。

盤踞在綠葉體內的黑暗屬性被一點點地驅趕出去，取而代之的是光屬性，到最後，綠葉身體充滿聖光，像是一團人形的光團。

我維持輸入聖光的姿態很久很久，盡我所能地久……

最後，爲了還有意識繼續下面的儀式，我在自己尚剩下些許聖光時，緩緩結束輸送聖光，站起身來，緩慢地將太陽神劍拔起來。

一邊將劍刃抽出綠葉胸口，太陽神劍上的聖光一邊治癒那個致命的劍傷。

最後，當太陽神劍完全脫離綠葉身體時，我丟開太陽神劍，猛然將所有剩餘的聖光用力打進綠葉的心口處。

這時，綠葉大力地倒吸一口氣，弓起身體不斷抽搐，還拚命地大咳特咳，神色看來很是痛苦。

見狀，我先過了第一關，至少讓綠葉活過來了。

綠葉猛咳了好一陣後，才有餘力看向我，喊：「太、太陽？」

我緊盯著綠葉，觀察他的狀況。

會認人，很好，神智看來沒問題；會喊人，聲音也正常；整體外形看起來很完美，不多也不少。

太好了！

如釋重負，我眼前突然一黑，這才感覺到遲來的透支痛苦感，最後的印象是自己似乎正往旁邊摔倒，希望別摔到臉。

♣♣♣

「太陽！」

意識再度清楚之際，聽到有人在叫我，還把我攙扶起來，我努力轉頭想看是不是綠葉，他是不是真的完好無損，眼前卻始終一片黑暗，難道自己還沒睜開眼？

我眨了眨眼，不對，自己確實睜著眼睛。

「太陽？」

這是綠葉的聲音，很近。我轉過頭去，眼前的黑暗卻讓我看不見他的臉，該死！這樣要怎麼繼續確認綠葉的復活有沒有留下後遺症。

我皺著眉頭，直接用手摸向聲音來源，一把就摸到綠葉的臉，感覺與一般人的臉孔沒什麼兩樣，這讓我鬆了口氣，至少最重要的臉面沒出什麼問題。

「太陽？」這時，綠葉用顫抖的聲音說：「你、你的眼睛……」

我一怔，這時才想起來，對了，我的眼睛……

過了好一陣子，期間，綠葉不住大口喘氣，甚至朝我施展好幾次治癒術，最後傳來幾聲哽咽，他顯然已經慌得快哭出來了。

我笑了出來，趕緊對他說：「現在沒事了，剛剛醒來眼前有點模糊看不清楚，大概是透支過度，對不起，嚇到你了。」

聽見我的話，綠葉沒有放心，呼吸聲反而更加急促，他著急地問：「太陽，你告訴我，我比的數字是幾？」

我沉默了好一會。

綠葉幾乎快大哭出聲地喊：「太陽！」

我「噗嗤」一聲笑了出來。

「哈哈！是二啦，看你緊張成這樣，眞好笑，我剛才眞的是太累了，所以才眼前發黑而已。」

綠葉一愣，忍不住大喊：「你！你嚇死我了！不是都跟我懺悔過了？我還以爲你不會再欺負我了。」

原來他聽得見！該死！我有些惱羞成怒地說：「我是懺悔了，但又沒說以後不再欺負你啊！」

綠葉帶著鼻音大喊：「你眞是、眞是……你知不知道我很擔心啊！眞是氣死我了。」

好吧！這勉強也算是怒吼吧？我不禁感嘆，長年進行的「激怒綠葉大作戰」終於修成正果，我眞是太感動了。

「好了！不玩了，我們快點去追那個膽敢殺死你的闇騎士，麥凱，你們快過來，我來治療你們的傷勢。」

我撿起太陽神劍，一邊哈哈大笑一邊站起來，想朝麥凱他們的方向走去，卻沒注意到腳邊有個凹洞，一腳踩空後踉蹌好幾步，若不是趕緊用劍撐住，差點就摔倒在地。

現場一片靜默。

我連忙站直身子，笑著說：「怎麼這麼安靜？施展起死回生術很累的，我只是一時腳軟而已。」

「太陽！」綠葉用帶著哽咽的聲音打斷我的話。

「你眞的看不見了，對不對？不要騙我，也不要爲了隱瞞到底，故意想追上闇騎士，讓他們往你的眼睛砍一劍，我知道你在想什麼，不要那麼做，拜託、求你不要……」

我沉默了下，笑道：「綠葉你在胡說什麼，我看得見你比二啊！瞎子怎麼可能看得見？你說對嗎？」

綠葉突然抓住我的手，抓得死緊，還帶著泣音哀求：「求求你……」

我強調道：「我眞的沒瞎，綠葉，你想太多了。」

「少囉唆！」這時，麥凱不耐煩地低吼：「太陽騎士，你說這是幾？」

我看向他，停了一下後回答：「是一。」

麥凱又問了一次，「那這個呢？」

「你當我白痴啊！」我沒好氣地說：「你兩隻手都沒舉起來！」

麥凱咕噥著點頭，對綠葉說：「艾梅，別哭了，他是眞的沒瞎啊！」

綠葉的聲音很是迷惘，他說：「我不明白……」

我安慰著他說：「你剛復活，腦袋難免有點迷糊不清醒，別想太多，先大睡特睡一頓再說。也不要擔心，既然你說不追闇騎士，那就不追，這樣也好，你眞該休息一下，我施展起死回生術也很疲累了，我們回頭去不遠的森流鎭休息。」

我沒得到綠葉的回應，只得再出聲問：「好嗎？」

可他們三人竟然沉默不語，我有點搞不懂現在是什麼情況，但又不敢胡亂開口。

好一會後，綠葉輕輕地開口說：「我剛才點了頭，太陽。」

我淡淡地說：「我沒注意到，抱歉，剛才一路狂跑過來，又施展起死回生術，我眞的很累，只想要休息，拜託你不要再胡思亂想了，否則我會擔心你是不是因爲起死回生術而留下什麼後遺症，譬如妄想症之類的。」

綠葉沉默了一下，開口說：「好，我們先休息再說，我揹你過去小鎮吧！」

「不行。」我有點疲憊地說：「你剛復活，不要勉強做任何事情，你比我還需要休息。」

這時，麥凱搶話說：「我揹你，讓安去揹綠葉好了。」

聞言，我對麥凱的觀感大爲好轉，感激地點了點頭，又在麥凱和安身上各丟一個初級治癒術，雖然沒多少幫助，而且奧斯頓身上的傷也不輕，但我實在無能爲力了。

在爬上麥凱的背後，我幾乎立刻半昏厥地睡了過去，途中醒來過幾次，但都渾渾噩噩，沒搞清楚狀況就又睡過去了。

最後，我們到達森流鎮，終於可以脫離硬邦邦的背，躺上軟綿的床鋪。

印象中，綠葉他們似乎問過我什麼，但我一直頭疼欲裂，沒怎麼聽清楚，只能回應你們決定就好，然後便翻過身繼續睡，不再理會他們。

只有在餓得受不了的時候我才會出聲呼喚，然後舒舒服服地被餵食，再接著舒舒服服地繼續睡。

眞是冒險旅途最舒服的時刻。

拯救公主第八要件

「冒險必有情節——王見王。」

再次張開眼睛時，我第一個想法就是——最近怎麼老在昏迷後張開眼睛啊？

「我就知道，說什麼當件郎不用逃命，回去一定要跟教皇老頭拿逃命費！」

我愁眉苦臉地爬起來，大半原因是肚子實在餓得受不了，雖然可以喊人，不過也實在太久沒動一動，連四肢都開始感覺僵硬，再這樣下去都不是當不當豬的問題了，根本可以直接入土爲安。

走到房門前，我正伸手想推門，卻聽見門外有吵雜聲，連忙停手，靜悄悄地把耳朵貼在門上，立刻聽出門外是綠葉和安的聲音，兩人似乎正在爭執。

眞難以置信，綠葉這傢伙居然會和別人爭執？

綠葉憤怒地低吼：「妳和愛麗絲公主到底是怎麼回事？那天愛麗絲公主竟然出手攻擊我們，還有妳的反應根本不對勁！」

呼！嚇得我小心肝都蹦蹦跳，想不到綠葉居然會吼人，而且還是吼一位公主，難道他打算改行不當好人了嗎？

「這不關你的事！」安的聲音卻比綠葉還大。

「不關我的事？」

綠葉氣得連語調都在發抖，聽得我頭皮發麻，感覺比聽到暴風故作輕鬆的語氣還嚇人。

「你們害得太陽昏迷不醒這麼久，妳還敢說不關我的事？」

安回嘴：「我看他只是在睡覺而已！」

啪！

安的聲音聽起來很呆，「你、你居然打我……」

綠葉語氣冰冷地回應：「不准污辱太陽，否則下一次就不是巴掌了，我會直接對妳提出決鬥，哪怕妳是一位公主！安公主殿下。」

我驚訝得連嘴都變成一個大大的O字形。

綠、綠葉居然甩了公主一個巴掌？我的光明神啊！該不會綠葉的起死回生術還是留下後遺症了，這後遺症就是從好人變成壞人了吧？

那以後豈不是不能再欺負他？光明神您真是太殘酷了，欺負綠葉是我爲數不多的生活樂趣之一，您居然也忍心剝奪！

「對不起，艾梅，我不是故意的……」

安公主被打後，囂張的氣焰反而退了，她哽咽，一邊抽著鼻子一邊解釋：「我也不知道愛麗絲姊姊會攻擊我們，他們居然還出手殺你，我真的不知道她會那樣做，我只是想幫她跟喜歡的人私奔而已，根本不想傷害你和太陽騎士，你要相信我。」

雙方沉默好一陣子，期間只傳來安的低聲哭泣。

許久，綠葉嘆了口氣，說：「我知道了，對不起剛才打妳，我太擔心太陽，才一時衝動，請原諒我。」

這麼快就原諒和相信人家，看來綠葉還是個好人嘛！對不起，光明神，我剛才誤會祢了。

這時，安有點結巴地說：「艾、艾梅，其實我用來追蹤姊姊的魔法物品可以使用一次瞬間移動，直接移動到姊姊身邊去——對不起！你不要罵我！」

外面又是沉默良久，綠葉深呼吸一口氣，說：「麥凱和奧斯頓已經回去找戰神殿求援，就剩下妳和我，現在追上去太危險了，妳還是等到我和太陽離開後，再和他們說這件事，看看他們做什麼決定吧。」

安焦急地問：「為什麼要等你和太陽騎士離開？難道你不跟我們一起去嗎？」

「不！」綠葉難得強硬地說：「而且絕不能讓太陽知道魔法物品有瞬間移動的事情，妳要答應我不能說！」

「為什麼？你不告訴我，我不答應你。」

「妳不了解他，太陽他……唉！妳姊姊他們不該對我動手，如果讓太陽知道有方法能夠找到愛麗絲公主，他絕對不會放過他們！就連妳姊姊也會有生命危險，所以妳一定要答應我，在我和太陽離開之前，不要說起這件事情。」

安有點不屑地說：「我們都打不過他們了，太陽他那麼弱——我是說，他、他沒那麼強吧？艾梅，你不要生氣啦！我不是故意罵他的啦！」

「太陽沒那麼強……呵呵！」

綠葉很無奈地說：「如果是那樣，我們十二聖騎士的共同守則第三條就不會是『不管太陽騎士看起來有多遜，也千萬不要觸碰他的逆鱗』。」

聽到這裡也差不多，該聽的不該聽的全都聽完了。

我走回床邊重新躺上去，揉揉眼睛，做出睡眼惺忪的樣子，大喊：「綠葉、綠葉，你在哪？我快餓死啦！」

綠葉立刻推門進來，聲音很是喜悅地說：「太陽，你清醒了？」

我沒好氣地說：「清醒到覺得自己都快餓死了，你說呢？」

綠葉笑彎了眼，高興地說：「那吃粥好嗎？」

我快速說：「不要！我要吃肉。」

綠葉擔憂地說：「但你睡了好幾天，剛醒過來就吃這麼難消化的東西，這不好吧！」

我翻了個白眼，忍不住說：「綠葉，你還是省省吧，你又不是審判，還是個好人，我才不怕你，我說要吃肉就是要吃肉！」

聞言，綠葉語氣愁苦地說：「好吧，我叫廚房把肉剁碎一點，煮碗肉粥給你。」

大概是我說快餓死，所以綠葉手腳很快，才過一會兒，就端著肉粥來給我吃了。

我一邊吃粥一邊聽綠葉說明現在的狀況，其實剛才偷聽得差不多了，大致就是因爲我昏迷不醒，麥凱和奧斯頓兩人回戰神殿求援，綠葉和安留下來保護我的安全。

綠葉報告道：「太陽，我也請他們派人通知光明神殿，我想神殿那邊會派人來。」

希望來的人不是審判，不然麻煩就大了。我對綠葉點了點頭，呑下最後一口肉粥。

沒了肉粥的香味後，我隱隱聞到一股臭味，該不會……我低頭聞了聞身上的氣味，差點沒被自己熏死，還眞的變成太臭騎士了！

我愁眉苦臉地說：「綠葉，我好臭啊！你去給我買套新衣服來，還有……安公主。」

剛剛，安一直靜立在旁，一句話都不敢說，突然聽到我提起她，還嚇得「啊」了一聲後才問道：「什麼？」

我淡淡地請求：「請妳幫我抬一桶熱水來好嗎？」

安沒回答，但綠葉立刻溫言請求：「麻煩妳了，安，我去給太陽買衣服。」

「好吧。」安這才終於回應，雖然語氣還是不情不願。

我對綠葉吩咐：「要買白衣，讓裁縫給我縫上太陽的標誌，你不是說聖殿的人可能會來？我可不能在眾人面前失禮。」

綠葉一怔，點頭答應：「好。」

他轉身離開去張羅衣服，沒過多久，安就扛來一桶熱水，「咚」的一聲放下桶子，沒好氣地說：「洗吧！我出去了。」

「等一等。」我摸了一下水，淡淡地說：「水太熱了。」

安大概是有愧於我，也可能是看在綠葉的面子上，不管如何，雖然她的表情很不高興，卻還是十分聽話，一聽到我說水太熱，她就低身去摸水。

我冷笑一聲，調動水中的屬性，瞬間，滿桶洗澡水炸開來，水流如同鎖鏈般纏上安的身體。

她猝不及防，呆愣了一下後才開始掙扎，想要掙脫那些水鏈，但水流卻不是固態的東西，她的拳頭直接穿過水流，完全沒有作用，這讓她更是滿頭霧水，不明白我在做什麼。

這時，我一口氣將那些水全都結凍，安頓時卡在那些冰鏈中動彈不得。

「這不可能！初階魔法冰凍術怎麼可能困住我？」

安一邊喊一邊拚命掙扎，但她身上的冰鏈卻完全沒有碎裂的意思。

我淡淡笑著說：「根據我對魔法的了解，初階加初階等於中階，所以我將冰凍術加上冰凍術，反反覆覆壓縮疊加五次，不知道算是什麼等級的魔法？但不論等級，這冰鏈可不比妳身上的盔甲脆弱，繼續掙扎只會弄傷妳自己。」

說完，我帶著淡淡微笑，手伸進安的衣襟……

「你、你！」她帶著泣音大吼：「你快住手，不然我要叫了！」

聞言，我隨手使出旋風，讓風來回盤旋在房間牆壁上，用來阻隔聲音，輕笑道：「呵！妳叫吧，可惜現在就算妳叫破喉嚨也沒人聽得見！」

她的聲音顫抖得很厲害，「艾梅他馬上就回來了，他不會看著你這樣做！」

我隨口回答：「他還要等裁縫繡上太陽標誌呢，沒那麼快。」

「原來你早就預謀了！」安大聲尖叫：「卑鄙無恥的傢伙！」

怎麼每個公主都愛罵我卑鄙無恥？

我沒理會她的叫喊，逕自從她的衣服暗袋中摸出一只比手掌小些的扁盒子，一打開來，香味四溢，我摸摸盒子內部，裡面裝的東西是膏狀的，就像是女人用的香膏盒。

安停止哭泣，語氣十分驚訝地說：「你怎麼會知道——」

她猛然住口不說出來，我卻接下話，繼續解釋：「我怎麼會知道這就是妳用來追蹤愛麗絲公主的魔法物品，對吧？」

「你、你居然知道？」安的語氣帶著無比驚恐：「你不但會起死回生術，甚至還會能夠困住我的冰鏈魔法，難道這些日子以來，你一直都在隱藏實力！」

我冷哼了一聲。那當然，我怎麼說都是太陽騎士，難不成還眞能是個廢物嗎？

「你眞是太可怕了。」安顫抖地說：「就連拿劍的姿態和腳步都隱藏得那麼好，持劍只有好看卻沒力的花架子，跑個步就喘得要死，根本像是一個不會劍術、體能又差的人，原來這一切都是假象！」

「……」

這時，安笑了起來，輕鬆地說：「但你不可能啓動這個魔法物品，還是省省吧，呵呵——哎呀！」

我用風刃劃破安的皮膚，然後把她的血滴進盒子裡。

「你、你怎麼會知道？」安的聲音聽起來又快要哭出來了。

我翻了翻白眼，粉紅家裡的魔法物品只比草莓棒棒糖少一點，我從小就在魔法物品裡打滾吃棒棒糖，這種小小的魔法裝置哪可能難倒我。

安的血一滴上去，只聽見「喀」的一聲，盒子底部掀開來，露出另一層空間，底部繪製著小而精緻的魔法陣。

我摸了一陣，魔法陣雕刻得非常細緻，感覺得出這是難得一見的精品，但是這種東西在粉紅家裡還是不少見，她的實力實在深不見底。

確定是想要的東西後，我抬起頭來對安說：「這個鎖鏈在我走後的半小時就會破碎，如果妳不想被陌生人佔便宜，就別大吼大叫引人來，要是引到壞人，妳就等著被人吃豆腐吧！還有，跟綠葉說，我會替他討回公道的。」

不等安回答，我輸入風屬性到魔法陣之中，那個精巧的魔法陣放出光芒籠罩住我的全身，然後將我帶向愛麗絲公主的所在地。

感覺自己已經瞬間移動到目的地，周遭景物還沒看清楚，我便低聲唸完咒語：「龍的聖衣啊！我以龍的傳人之名命令你，發動！」

「二妹？」

這是女人的聲音，她穿著袍子形狀的衣服，而且風屬性非常高，想來這人便是愛麗絲公主，而且她就是那個風屬性魔法師。

這魔法物品果然不錯，愛麗絲公主離我非常近，只有兩步遠而已，我快步上前一把抓住她，同時發出警告：「別動！」

顯然愛麗絲公主沒那麼乖，立刻想要使用風屬性魔法反擊，可惜她調動風屬性的舉動被我干擾而宣告失敗。

雖然我不是很懂魔法，但說到聚集屬性的能力，連艾崔斯特這個百來歲的魔法師都直接說他贏不了我，我彷彿天生就對屬性有百分百的親和力，他說這句話時帶著濃濃的遺憾，尤其在看見我的太陽神劍時。

愛麗絲公主倒吸了一口氣，驚呼：「你、你不是刺客，原來是魔法師！」

「都不是，我是聖騎士！」我冷冷地說：「妳眼瞎了嗎？看不見我手上閃閃發亮的太陽神劍嗎？我是太陽騎士！」

一口氣說完後，我不得不承認，在老早之前，自己就一直很想發出吶喊。

「我是聖騎士！不是祭司，是聖騎士聖騎士聖騎士！」

現在當眞說出口，眞是有種打從心底爽出來的感覺，若不是情況不允許，我眞的有種想哈哈哈長笑的衝動！

「你是太陽騎士？怎麼可能？」愛麗絲顫顫地說：「你的魔法能力——」

「愛麗絲！」

這時，闇騎士急急衝過來，想來是我多到會溢出來的光屬性把他引來，他飛快朝我們兩個的方向跑來，途中連劍都拔出來了。

「站住！」

我抓緊公主，太陽神劍早早架在她脖子上，冷冷地對著闇騎士說：「你不要這女人的命了嗎？」

闇騎士遲疑了，腳步慢下來卻沒有停止，見狀，我輕輕按了按太陽神劍，鋒利的劍刃立刻割破公主的細頸，讓她發出一聲悶哼。

「住手！」闇騎士終於停下腳步，怒吼：「你不能傷害愛麗絲，她是一位公主！」

我哈哈大笑一陣後，又按了一下，這一次，公主殿下倒是忍住不發出一點聲音，還算有點骨氣，我嘲弄道：「你確定我不能傷害她嗎？」

闇騎士用顫抖的語音說：「你是一名聖騎士，還是聞名全大陸的太陽騎士，你不會傷害一位公主，那有損你的榮譽，你不會那麼做的！」

挺了解太陽騎士的嘛！我笑了一下，反問：「那你知道，『全大陸的人都知道』太陽騎士最討厭的事情是什麼嗎？」

他反射性地回答：「不死生物。」

「錯啦！」我怒吼：「太陽騎士最討厭看到自己的聖騎士死掉！」

吼完，我收斂激動的心情，淡淡地說：「我警告你不准動，你敢動一下，我就剁掉這女人一隻手，看你動幾下，我就剁掉她多少東西，如果你不信，那就試試看好了。」

闇騎士和愛麗絲都沒動也沒說話，不知是被我嚇傻還是怎麼了。

但那都不重要，我調動大量水屬性，將水凝結成冰柱，十來根冰柱就飄浮在闇騎士身旁，而他果真一動不動。

反倒是愛麗絲公主哭喊起來：「太陽騎士，你太卑鄙無恥了！阿鷹，不要聽他的，他不敢那麼做的！」

現在我確定了，全天下的公主只會一種罵人的話，就是「卑鄙無恥」四個字，沒別的了。

我淡淡地對闇騎士說：「提醒你，發動鬥氣也算動了。」

說完，十幾根冰柱直接朝他的四肢和胸腹轟下去，接連響起十來記重擊聲，但這名闇騎士哪怕被冰柱當靶子接二連三地撞，也還是一動都不動，硬是以站立姿態扛下這些攻擊，我聽到不少骨頭碎裂的聲音。

「阿鷹……」愛麗絲公主此時嚇得幾乎快昏厥過去，連腿都軟了，全靠我支撐才沒倒下。

「你可以動了。」我淡淡地說。

說完，闇騎士才緩緩倒地，我並沒因此放過他，又發動一根最大的冰柱，狠狠朝他胸口砸下去。

「唔！」他悶哼了一聲。

好一個闇騎士。我有些佩服他，最後一擊恐怕讓他的肋骨斷整排，他卻從頭到尾沒發出什麼大聲響。

我放開愛麗絲公主，懶洋洋地警告她。

「不要想對我使用魔法，妳沒那個能耐，只會讓我『發火』，用地獄火幫妳的闇騎士消毒殺菌，保證他乾淨得就剩下白骨灰。」

愛麗絲用力推開我，跑到闇騎士身旁，跪倒在他身側，她看著愛人的傷勢就哭了起來，雖然闇騎士傷勢沉重，恐怕是意識不清的狀況，但他卻輕聲安慰起公主，雖然說來說去還是只有「我沒事，不要哭」這句話。

見狀，我忍不住輕笑起來。

我們想要拯救公主，可對方卻不想被救，這眞是太可笑了，什麼騎士拯救公主的童話故事，人家公主可不見得想要被拯救啊！恐怕對她來說，我們這夥人才是想要拆散她和心上人的魔王吧？

「你們犯了一個重大錯誤。」

我冷冷地說：「那就是絕對不該殺死綠葉騎士！你們不對綠葉動手，我根本就沒有拆散你們的必要，但現在我也不會拆散你們，你們兩人就一起下地獄懺悔吧！」

現場一陣無聲，愛麗絲喃喃自語：「你要殺我們？怎麼可能……」

「爲什麼不可能？」我冷笑一聲，怒吼：「你們敢殺綠葉騎士，就該有太陽騎士會追殺你們到天涯海角的覺悟！」

聞言，她驚呼：「我、我是月蘭國的公主！」

「喔，真的嗎？」我用十分輕柔的語氣說：「可我沒看見什麼公主，只看見綁匪和他的同黨。」

聞言，愛麗絲呼吸急促起來，她顫抖地說：「太陽騎士，你殺死我，女王陛下不會放過你和光明神殿！」

我淡淡地說：「喔？我這個刺客也沒看見太陽騎士，妳看見了嗎？」

聞言，愛麗絲似乎終於明白自己在劫難逃，她努力想抱起幾乎昏厥的闇騎士，似乎是想帶著他逃，這倒是挺有情有義，可惜魔法師公主的力氣根本不可能搬動穿著盔甲的男人，但她卻不肯放棄，拚命要拖他走。

見他們這樣的情況，我原本憤怒的情緒消減一大半，本來想好的酷刑折磨都有點出不了手，早知道就不要把闇騎士打得那麼慘，如果他還有能力反抗一下，那我可能還有辦法繼續狂怒下去，現在卻搞得自己都不忍出手。

攻擊無力反抗的對手終究不是騎士該有的作爲。

我意興闌珊地說：「算了，就給你們一個不怎麼痛苦的死亡好了。」

聚集大量黑暗屬性，我打算用艾崔斯特曾用過的一招「死亡蔓延」，可以讓人死得無聲無息、毫無痛苦……

「太陽，住手！」

空中突然傳來一道呼喊，同時，我感覺到聚集來的黑暗屬性被人打散了。

我抬起頭來，對方穿著袍子形狀的衣服，外洩的黑暗屬性並不高，卻看不透真正的屬性濃度，彷彿被蒙蔽住了，反而給人深不可測的感覺，這種奇怪的屬性我只在一個人身上感知過——不！不應該說是一個人，她早已不是人了。

我握緊拳頭，幾乎是咬著牙從齒縫中擠出話來。

「粉紅，妳跟我說妳要搬家，結果卻是搬去渾沌神殿了嗎？」

拯救公主第九要件

「帶公主回宮殿。」

那人沉默半晌，並沒有否認我喊出的名字，也沒有否認我的話，她輕柔地說：「太陽，放過他們兩個吧，殺死綠葉騎士的人是我，你衝著我來就好。」

我冷冷地說：「殺死綠葉的武器是闇騎士的細劍。」

「是我叫他殺的。」她很乾脆地承認了，但又解釋：「不殺他，我們逃不過你的追蹤。」

聞言，我咬著牙說：「我以爲妳夠了解我。」

粉紅發出一串銀鈴般的笑聲，說：「就因爲我了解你，所以才殺死綠葉騎士，就算你知道起死回生術在八小時內施展就可以了，你大可先治癒好戰神之子等人，跟著他們來打敗我們，再回頭復活綠葉騎士，不過你一定不會那麼做的，在你眼裡，沒有任何事情比自己的聖騎士同伴更重要，哪怕是公主。」

「那妳就該知道！」我勃然大怒地吼：「敢動十二聖騎士的人都該死！」

粉紅沉默了好一會，嘆息，帶著誠懇的語氣說：「反正綠葉騎士也沒死，你就別跟我打了，太陽，你該知道我是什麼樣的東西，我是不會死的，就算你毀滅這個身體，也沒有任何意義。」

我知道，粉紅是個巫妖。

之前曾經說過女妖這種東西，而巫妖幾乎可以說是女妖的進化版，都是人類因爲種種原因，甘願把自己化成邪惡的生物，不過，女妖雖少見，但要消滅倒也不難，而巫妖卻幾乎是不死身，他們拋棄自己原本的肉體，將靈魂放置在安全的地方，然後操縱著死屍當作肉體使用。

比起女妖，巫妖強大了不知多少倍，他們生前就是強大的魔法師或者祭司，才有辦法順利完成轉化爲巫妖的儀式，死後又得到不死身，與他們爲敵可說是最不智的舉動，誰都不會想和強大又不知死亡爲何物的巫妖作對。

即使殺掉粉紅，也只是讓這個肉體毀滅，她大可再尋找一個新的肉體。

我深呼吸一口氣，說：「看在以往的情分上，那我就殺死動手的闇騎士，放過公主吧。」

粉紅有點尷尬地說：「別殺闇騎士，太陽，他是『沉默之鷹』，渾沌神殿的闇騎士之首，你身爲光明神殿的太陽騎士，應該聽過這個稱號。」

我的確聽過，雖然沉默之鷹不是渾沌神的代言人，卻是真正主事的人。

混蛋！主事的傢伙不是應該很忙的嗎？怎麼還有時間跨越千里來勾搭公主？

粉紅繼續勸說：「真的殺死他，你的麻煩就大了，渾沌神殿不見得比光明神殿強，但他們有仇必報，到時他們也許殺不了你，但一定會找機會殺死一個十二聖騎士報仇，你不會希望看到另一個十二聖騎士喪命吧？」

我淡淡地說：「妳口口聲聲他們他們的，難道妳不是渾沌神殿的一員嗎？」

粉紅哼了一聲，不屑地說：「誰會和服侍自己的東西是一員？」

聞言，我皺了下眉頭，並不太明白粉紅的意思，不過這對話感覺已經快碰觸到渾沌神殿的重大祕密了，我並不想蹚這灘渾水，就如粉紅說的，渾沌神殿有仇必報，知道他們的祕密並不是件好事，更何況粉紅在這裡，我沒有必勝的把握……

幾經思量，我轉過身重重踹了闇騎士一腳，見他呻吟一聲後清醒過來，我開口問：「你的名字？」

闇騎士抬起頭來，先是看了空中的粉紅一眼，接著又回頭看著我，說：「我沒有名字，在我當上沉默之鷹時，就不再有名。太陽騎士，打敗我的人，或許，你願意賜名給我？」

我一愣。打敗他？用人質威脅也算數？

渾沌神殿的闇騎士還眞古怪，但管他多怪，反正他就是動手殺死綠葉的人。

我冷笑一聲後說：「那你叫作『等陽』吧！敢把劍刺進十二聖騎士的胸膛，你等著我！我現在不殺你，將來也一定會讓你付出代價！就算渾沌神殿有仇必報，但我太陽騎士更是睚眥必報！」

「等陽？好的，以後我就叫作等陽。」等陽點了點頭，還當眞接受這個名字。

我不理會這個古怪的闇騎士，對著天空說：「粉紅，妳會回葉芽城來嗎？」

「我總是得回去的。」粉紅倒是挺誠實的，說：「我有牽掛在那裡，必須回去。」

我點了點頭，猛然把大量聖光灌進太陽神劍裡，將劍朝空射出，不偏不倚地正中半空那抹嬌小身影。

粉紅悶哼一聲，語氣痛苦地說：「太陽你……」

我淡淡跟她說：「我看膩小女孩了，妳就換一具身體回來吧。」

粉紅的身體在聖光的腐蝕之下慢慢地化成灰燼，苦笑著說：「一具要長年使用的肉體可是要經過很多也很久的處理，太陽你可真是睚眥必報。」

我點頭同意，「知道就好，下次妳就會學乖了，無論如何，不要動我的聖騎士！」

粉紅大嘆：「早知道這樣，寧可被你追上，也不要碰你的逆鱗，真是得不償失，這下子我要去哪裡找身體，唉，等陽，等陽，我可被你害慘了。」

「真是非常抱歉。」等陽一聽，竟然不顧自己滿身的傷，硬是跪下致歉。

嚇我一大跳，看來粉紅在渾沌神殿的身分果然很高。

粉紅倒是大方地說：「算了，把公主交給太陽，你就回渾沌神殿正大光明地跟月蘭國女王提出求婚的要求吧！經過這件事情，我想那個戰神之子也不願意娶你的愛麗絲了。」

「但是……」等陽有點擔憂，欲言又止。

粉紅打斷他的話，「放心吧，知道你和我才是殺死綠葉的凶手後，他不會動公主的，雖然那傢伙從頭到腳都不像個騎士，但內心深處的騎士精神還是有那麼一丁點兒的，應該有吧我想……」

至此，粉紅完全化爲灰燼。

我白了她消失的地方一眼。要死就快死，廢話一堆，妳這個巫妖，黑暗生物排行榜都可以排進前十名了，居然還提醒我這個太陽騎士應該要有騎士精神？這世界眞是善惡不分！

這時，等陽擋在愛麗絲身前，俯身對我就是跪下，姿態甚至比剛才跪粉紅還誠懇，他苦苦懇求：「請您不要傷害愛麗絲，是我殺死綠葉騎士，一切都是我做的。」

「不要！」

愛麗絲立刻衝到等陽前方，用纖細的身體擋住他，對我哀求：「請不要殺阿鷹，殺我好了，一切都是我的錯，是我不該離家出走，求求你不要殺他！」

等陽立刻抱住公主，努力想把她往後推，但公主卻拚命掙扎不肯，他心痛地喊：「愛麗絲！不要這樣。」

「阿鷹！」愛麗絲哭著說：「你死了我也不活了，你保護我是沒有用的。」

「愛麗絲……」等陽已帶著泣音，在愛情面前，連冷酷的闇騎士都會哭泣。見兩人哭成一團，我有點傻眼，沒想到這輩子居然能聽見這幾句超級經典的愛情劇台詞，而且怎麼感覺我好像是劇中人人喊打、要拆散情侶的大壞人啊？

有沒有搞錯啊！我才是來拯救公主的騎士好不好！

主上，變身時間已經到了，您要付出更多血液來維持變身嗎？

我有點無力地回答龍的聖衣。

「不了，我一個月內變身三次，再這樣下去真的要貧血了，再說，就算維持變身，這兩個哭鼻子的傢伙根本讓人生不起一點殺人的意思。」

解除變身後，我首先要做的第一件事情就是威脅他人。

「你們兩個絕對不准說破我的眞面目，也不准透露我的刺客裝扮，要不然的話，你們應該知道後果是什麼？」

愛麗絲大概是被我嚇得夠嗆，她抱緊自己的心上人，狂喊：「只要你不殺阿鷹，什麼都可以！」

我等不到闇騎士的回答，這才發現他的黑暗屬性流失得很厲害，看來傷勢眞的很重，就這麼讓他離開，說不定會死在半路上，不是我直接出的手，粉紅應該不能算在我頭上吧？嘿……

我施展出一個終極治癒術，將闇騎士的傷治好大半。

等陽與愛麗絲大概是被我的好心嚇著了，兩人都保持靜默，我則維持高深莫測的態度，用輕淡的語氣說：「你滾吧！我會把你的公主完好如初地送回女王身邊，到時你再來月蘭國求你的婚。」

等陽卻躊躇著不肯走，他小心翼翼地問：「如果當時我動了，你真的會砍下公主的手嗎？」

我毫不遲疑地說：「我會，否則就換你把我斷手斷腳了。」

等陽沉默了，而且完全沒有離開的意思。

我接著說：「但等你不敢動且被我打成重傷後，我會再把她的手接起來。」

這時，等陽才吐出一口長長的氣，慎重地點頭說：「我相信您。」

相信就相信，幹什麼用「您」？你這麼尊敬我做什麼？這真讓人受寵若驚，這傢伙該不會是把我當成一生的宿敵之類的東西來尊敬吧？

等陽對公主說：「愛麗絲，妳等我，我一定會去求婚的。」

愛麗絲的語氣十分委屈，有些不信地說：「但你不是說，沉默之鷹終身不婚？所以神殿不會讓你來提親，我們才會私奔的。」

等陽發出笑聲，說：「有『這一位』開口要我去求婚，神殿沒有人敢不讓我去求婚。」

這一位？是粉紅嗎？我皺了皺眉頭，這個粉紅到底是什麼身分。

接下來就是兩個小情侶你儂我儂，十八相送都唱完八遍，兩個人還沒分開，看得我真是想上去各補他們一冰錐，讓他們達成同生共死的情侶最高境界。

我恨恨地說：「等陽，你再不去把剩下的傷治好，血繼續流下去，我看你不會有命去求婚的。」

聽到這話，愛麗絲連忙催促心上人快走，等陽這才總算離開。

愛麗絲看著心上人的背影許久，才捨得轉身，有點怯怯地問我：「我們現在要飛回去嗎？」

「妳以為我會飛啊？」我沒好氣地說完，上下打量著愛麗絲，問：「妳是哪個等級的魔法師？」

「是高級了。」愛麗絲怯怯地說。

愛麗絲公主現在似乎已經把我當作洪水猛獸，她的個性與安大不相同，安就算被我嚇到，反應不會是害怕，而是舉著斧頭砍過來。

我微笑道：「很好，等綠葉他們來之前，妳就教我所有的風屬性魔法吧。」

「教你？」愛麗絲驚訝地說：「我哪有什麼可以教你的？你的魔法比我要強多了

呢！我甚至沒辦法在你的干擾下使出魔法。」

我總不能說，其實除了偷學和艾崔斯特教的黑暗魔法以外，我半個魔法咒語都不會吧？說不定她就趁我不注意的時候，用魔法把我轟到天邊去了。

想來想去，看她那麼怕我，我索性惡聲惡氣地吼：「問那麼多做什麼？叫妳教就教。」

愛麗絲顫抖著說「好」，可憐到活像遭受後母虐待的繼女一樣。

但我並不想當壞心的後母啊！爲什麼騎士拯救公主會變成後母虐待繼女啊！

我是聖騎士，不是後母！

愛麗絲哭泣著說：「你、你不要生氣，我會很認眞教你，我什麼都不問了，再也不敢問了，嗚嗚，阿鷹！我好怕……」

我是聖騎士，我是來拯救公主，不是來嚇哭公主的！

「阿鷹，嗚嗚，救我……」

「不准哭！」我火大地低吼：「信不信我——」

「嗚！」話沒說完，公主閉上嘴，然後，直接昏倒了。

「……」

接下來的幾天，我和公主面臨了非常嚴重的問題。

雖然等陽留下帳篷，但太陽騎士和公主都不會搭帳篷。

雖然等陽留下木材，但太陽騎士和公主都不會搭烤肉架。

雖然等陽留下獵物，但太陽騎士和公主除了烤焦以外，不會烤其他的東西。

我仰天長嘆，懊悔萬分，早知道就留下等陽，我留公主這種只能看，其他都沒有用的東西幹什麼？

「等陽比你好多了，他都會搭帳篷、生火，還會烤好吃的肉給人家吃！」

愛麗絲餓到已經忘記我的恐怖，大吵大鬧：「你這個只能看沒有用的聖騎士——不對，等陽比你好看一倍！哇啊～～你不能看也沒有用，我要回等陽的身邊去，等陽！」

「是他帥得太誇張，不是我不能看！」我餓得脾氣也不好了，跟她一起尖叫：「還說呢！妳的飛行術怎麼那麼爛？人家艾崔斯特都可以飛一天一夜，妳飛三個小時就要休息一天，還飛得那麼慢，搞得我們到現在都回不去！」

愛麗絲用比我還高八度的聲音尖叫：「我又不認識什麼艾崔斯特，高級魔法師本來就只能飛三個小時，速度本來就只有那樣嘛！哇啊，等陽，我被壞人欺負了，你都不來救我。」

氣死人了！

我對她怒吼：「別吵了，我警告妳，回去後不准說我會用魔法。」

然後，我第N次違反騎士的身分，用起魔法來了。

下雨了，不會搭帳篷，沒關係！我用魔法直接轟個山洞出來睡。

肚子餓了，不會架烤肉架，沒關係！我召集風屬性，直接讓肉飄浮在火上烤。

肉會烤焦，沒關係！我把肉放遠一點，慢慢烘，總有一天烘熟它，而且還不會焦！

愛麗絲坐在山洞中，一邊啃烤肉一邊含糊地說：「對不起，我錯了，你是有點用的，雖然還是不能看。」

我咬牙切齒地說：「是妳的審美觀有問題！妳看等陽看太久，所以審美觀都疲勞了，妳小心點，再繼續看他下去，妳就會不敢照鏡子看自己了。」

愛麗絲嚇到烤肉差點掉地上，急忙尖叫：「你胡說！我可是月蘭國第一美女，就算幾天沒打扮還是很漂亮的？對吧？」最後幾句，她急得都要哭了。

我沉默不語，聽到她都哽咽了，只好安慰地說：「好啦，還是很漂亮，我剛剛是胡說的。」

聞言，她破涕爲笑，甚至反過來安慰：「其實你也是很帥，至少眼睛顏色很漂亮，不輸給等陽，而且皮膚眞的很好。」

說到這，她甚至出手摸了我的臉一把，驚呼：「眞的好滑嫩，你用什麼東西保養的！不對，你是男生，難道是天生的？眞好！」

我快速地說：「發酸的牛奶滴進十滴檸檬汁擠進整整三十朵的玫瑰花汁還有十朵薰衣草汁最後再混一點麵粉，接著塗在全身上下，然後用蒸氣蒸一小時，每週至少要做一次。」

「……回去再跟我說一次，我現在沒有紙筆可以記下來。」

我跟她提議：「如果妳好好扮演一個被拯救的公主，而且不跟任何人洩露我的眞面目，到時候，我可以把所有美白護膚的祕方都告訴妳，包准等陽來娶妳的時候，妳的皮膚白嫩得跟小嬰兒一樣。」

愛麗絲非常激動地說：「成交！」

雨斷斷續續下了幾天，因爲我沒把握能在森林中找到另一塊山壁轟出山洞，所以乾脆在這山洞中等待救援，果然天氣還沒放晴，我就感知到綠葉他們已在附近。

其中有三人的光屬性高得超乎尋常，一個是綠葉，另外兩人有一個水屬性很高，我猜應該是寒冰，一個則是金屬性很高，但兼有土屬性，所以不會是刃金，這個屬性應該是堅石騎士！

十二聖騎士中隸屬於殘酷冰塊組，固執得出了名，他的固執就跟石頭一樣硬邦邦，號稱要打破他腦袋不容易，但要打破他的固執，不如推翻光明神殿還比較容易些。

照「全大陸的人都知道」的定理來說，是這樣沒有錯。

不過，這一任的堅石騎士卻有點不太一樣，他其實是個很隨和又很好相處的人。

聽說，前一任的堅石騎士教導他三年，卻怎麼也無法讓堅石小騎士固執一點後，心灰意冷之下，打算放棄他，讓候補騎士來替代——不是每個十二聖騎士都會傻到忘記選後補騎士。

但是，除了不願意固執這點，這個堅石小騎士其實沒做錯什麼事情，要換掉他也很難找出讓人信服的理由，就這樣鬧了大半年，直到裁決是否要留下他的那一天……

我的老師，當時的太陽騎士，走進裁決會議現場，輕輕嘆了句：「即使會被趕出聖殿也不願意做個固執的人？居然這麼固執地不願意做個固執的人嗎？唉！真是個固執的孩子。」

聽我的老師說，他說完話後，裁決會議上百餘號人都露出同一種表情，堪稱天下難見的奇景。

我問老師到底是什麼表情，他想了一想，寫出個「囧」字，要我想像一下眼前有百來個人露出類似「囧」字的表情，我想像完後，贊同這果然是個天下難見的奇景。

之後，堅石小騎士就留下來，再也沒有人要換掉他。

審判派堅石前來，我思考一下就理解了。

堅石騎士是殘酷冰塊組中唯一擅長外交的人，雖然溫暖好人派的暴風騎士更擅長，但暴風如果離開聖殿，恐怕整座聖殿就要停擺一半，所以才派出堅石，他可以幫忙綠葉解決聖殿和月蘭國王室，以及戰神殿之間的外交麻煩。

如果讓綠葉搞外交，他除了不講話和答應任何要求這兩種選擇，也不能做別的事情。

至於派寒冰來的原因就更簡單了，寒冰很強，如果我們真的和月蘭國與戰神殿撕破臉，要逃亡的話，有寒冰在，我們活命的機率也比較大。

「太陽！」

綠葉衝進山洞，抓住我的肩膀就是一陣猛搖，急喊：「太陽、太陽，你沒事吧？沒事？那就好！喔喔！愛麗絲公主也沒事……真是太好了！」

他哽咽起來。

害我突然有點良心不安，他好像從出來冒險的時候就開始擔心一堆事情，真不愧是溫暖好人派的老媽子。

「別哭了，真的沒事了。」我安慰著他，「你看，公主也救回來，我們終於可以回聖殿去了。」

綠葉哽咽地說：「可是你的眼睛……」

我翻了翻白眼，沒好氣地說：「我的眼睛沒事，你擔心太多了，綠葉老媽。」

「太陽騎士長，別來無恙。」

我轉頭望向山洞口，那個聲音是堅石騎士，他的身後還跟著寒冰騎士，後者只能冷臉不理人，所以沒打招呼。

我掛上太陽式微笑，優雅地回答：「願光明神的光輝永遠籠罩在你身上，堅石兄弟。」

堅石定定地看著我，問：「太陽，我比的是幾？」

「……光明神在上，那數字就跟你的腦袋一樣是零蛋！」

我沒好氣地回答。看來綠葉肯定跟他們哭訴過關於「我瞎了」之類的話。

「的確是。」堅石呵呵笑了起來，對綠葉說：「綠葉，你擔心得太多了，太陽沒事。」

綠葉久久才發出一聲「嗯」，也不知到底相信我的眼睛沒事了沒有。

沒多久後，麥凱、安與奧斯頓也進來山洞，他們身後還有一整排戰士。

安一進來，立刻呼喊著愛麗絲的名字，趕忙跑到姊姊身旁，著急地喊：「這個卑鄙無恥的傢伙有沒有對妳怎麼樣？他有打妳嗎？他有對妳動手動腳嗎？」

「安，妳在胡說些什麼？」愛麗絲斥責：「多虧太陽騎士把我從惡人手中救出來，而且無微不至地照顧我，這才讓我脫離險境，他是一位高尚的騎士，不可以污辱人家。」

現場沉默好一會兒，安用非常勉強的語氣說：「太陽騎士他、他是個高尚的騎士？」

美白護膚配方的漂白效果當眞驚人，立刻讓我從卑鄙無恥的小人變成擁有高尚精神的騎士。

「是的。」愛麗絲站起來，略顯高傲地說：「來人。」

當她這麼一喊，站在山洞口的十幾個人立刻走過來，原來，這些人不只是戰士，也包括王宮中人，他們走到公主身邊，爲她遞上毛巾洗手洗臉，披上乾淨的披風，甚至有人幫她整理頭髮和著裝。

在愛麗絲整修儀容期間，麥凱始終沒有說話，但我很可以理解，當初偷聽安和綠葉說話時，得知愛麗絲曾出手攻擊過他們，如果我是麥凱，恐怕現在不會有什麼好臉色，能夠保持不說話已經是不錯的表現了。

堅石騎士十分有禮貌地問我：「太陽騎士長，我們初來乍到，不知道情況如何，請問您對現在的情況有什麼見解嗎？」

我毫不遲疑地說：「先回去再說。」

堅石開口說：「太陽騎士長說話果眞一針見血，不知還有人有其他的提議嗎？」

這與一針見血無關，我只是想洗澡而已，好臭啊！我已經臭到開始怨恨光明神當初為什麼不取走我的鼻子當代價了！

♣♣♣

有了援兵，回王宮就快多了，因為來救援的人裡面還包含皇家魔法師，他們帶來瞬間移動的魔法陣，這個魔法陣已經設定好和王宮的魔法陣相通，只要輸入足夠的風屬性，就可以利用瞬間移動回到王宮，比我們在那邊慢悠悠地飛要快多了。

回到王宮，去見女王之前，梳洗儀容是必須的，所以我們第一時間就去梳洗，但一洗完澡又吃了點東西，身上不臭、肚子不餓以後，軟綿綿的床鋪就拚命跟我招手。

雖然明知接下來還要向女王報告事情經過，但我實在經不住誘惑，爬上床想說只躺一下，這一躺，瞬間意識就模糊了……

「太陽……」

迷迷糊糊中，似乎聽到有人在叫我，我立刻抱怨：「做什麼？我好累，不要吵我睡覺！」

隔了一下子，那人回應：「好，你睡吧。」

♣♣♣

幾天後，我睡醒過來，就受到女王的表揚。

表揚的理由是拯救公主有功，獎品是一點用都沒有的榮譽騎士勳章，同時，愛麗絲公主還扣押勳章，要我拿美白護膚配方去換。

她當我是白痴嗎？拿配方換那個勳章幹嘛？我就不去換，等她來求我換，哼！

不過，當天下午我就被告知，那枚勳章是用黃金和寶石做成的，價值不斐，於是我只好去求公主跟我換。

♣♣♣

戰神之子取消與愛麗絲公主的婚約。

雖然女王主動提議不取消婚約，只是換個新娘，讓安嫁給麥凱，但安和麥凱互相用噁心的眼神看了對方一眼，同時說：「如果要跟他/她結婚，就要換我找個人私奔了。」

女王看起來很苦惱，但當月蘭國年僅十歲的小公主蹦蹦跳跳跑到女王陛下跟前，用可愛無比的嗓音說「長大後要做戰神哥哥的新娘」後，問題迎刃而解。

麥凱先和小公主訂了婚，等待小公主十六歲成年以後再結婚。

雖然，民眾間難免有「戰神之子居然是個戀童癖」之類的流言，不過，被人家罵罵戀童癖就可以換來一個比自己小十歲的新娘，十分值得。

至少麥凱自己很沉迷於教育未來妻子的計畫中。

♣♣♣

起死回生術還是留下後遺症。

在綠葉一眼看見十公尺外飛行的蒼蠅的翅膀上有個小破洞後，他就發現事情大條了。

經過多番實驗——主要是我逼著他數三十公尺外的一坨狗便便上到底有幾隻蒼蠅，終於證實，他擁有超人一等的視力！

一名弓箭手有了超人一等的視力，加上他本來就超人一等的射箭實力，等於擁有超人兩等的功力啊！

簡言之，他不可思議的射箭能力又更加不可思議了。

順帶一提，在我比著三十公尺外的狗便便，要他數上頭到底有幾隻蒼蠅時，他總算相信我沒瞎了。

最後，我們終於回光明神殿了。

拯救公主第十要件

「和公主發展戀情。」

光明神殿啊！我的聖殿啊！

看著光明神殿潔白璀璨的外表，我的心中有股說不出的感動，就好像遠遊幾十年的遊子終於回到故鄉，重新投入母親的懷抱。

我終於回來了！終於可以回到美好的殿男生活！

雖然仍舊保持著優雅的姿態，但我一跳下馬車就忍不住越走越快，想要快點去看看揮別一個多月的房間和隱密酒窖。

經過聖殿廣場時，發現那裡聚集不少人，我皺了皺眉頭，人群裡有兩個熟悉的人。羅蘭和他的副隊長狄倫。

他倆被人群團團圍住，不斷傳來刀劍相交的聲音，我驚愕，隨後心頭湧上一陣狂怒，他們眞是好大的膽子，居然敢在聖殿裡頭傷害彼此！

我一路推開人群，圍觀的聖騎士們先是不耐煩地回頭看，但一看見是我就立刻吃驚地跳開把路讓給我。

我擠到最前方，果眞看見兩人正持劍戰鬥，你來我往的速度快得驚人，刀劍無情，彷彿下一秒就會割開哪一方的身體，讓我十分擔心自己要是慢一秒鐘阻止，可能就會有一方傷在劍下。

「通通給我住手！」

我立刻對著兩人大吼，見他們停手，我氣惱地轉頭看向一旁觀看的人群，那裡有個最熟悉的傢伙。

「亞戴爾！你爲什麼不阻止他們兩個？」

亞戴爾連忙跑到我身旁，低聲解釋說：「隊長，您誤會了，魔獄騎士長和他的副隊長只是在切磋劍術而已，這一個月來，他們每天都在這個時間比劍，有時審判騎士長也會加入戰局，所以大家都會來觀戰。」

我一聽，看向羅蘭和他的副隊長狄倫，兩人早停下手，正一起看著我，姿態還十分相似，哪有一點要置對方於死地的樣子。

糟糕！看來眞的是我誤會了，放鬆之餘又忍不住笑了下自己，看來因爲綠葉的死，讓我神經太過緊繃，這裡怎麼說也是聖殿廣場，人來人往，難不成還眞能死個十二聖騎士或者副隊長不成？

就算亞戴爾不阻止，審判都不可能允許這種事情發生。

這時，亞戴爾輕輕拊在我耳邊解釋：「隊長，其實魔獄騎士長答應狄倫，只要狄倫打贏他，他就把隊長的位子讓給他，不過打到第十天的時候，狄倫已經心服口服了，現在其實是魔獄騎士長在指導狄倫和魔獄小隊成員的劍術而已。」

我低聲問：「事情眞的解決了？」

「解決了。」亞戴爾點了點頭，說：「現在哪個人要敢質疑魔獄騎士長，狄倫會第一個跳出來維護他。」

如預想般，給羅蘭一點時間，他自己就能解決。我很滿意地點了點頭，說：「那幫我跟大家解釋一下，我要回房敷面膜了。」

「隊長？」亞戴爾不解地看著我。

「……我是說，我要回房休息了。」

猛然發現自己說出實話後，我連忙換了個藉口。

「是，您辛苦了。」

我轉過身去，還沒走遠，隱約聽見亞戴爾對眾人解釋：「剛才什麼事都沒有發生，懂了嗎？」

然後，眾人齊聲回答：「懂！」

眞不愧是我的副隊長，連理由都懶得找，頗有他隊長我的風範。

「格里西亞！」

我轉過頭，對追上來的羅蘭笑著說：「還習慣在聖殿的生活嗎？」

「很習慣，但我這樣下去眞的好嗎？」羅蘭追上來後就慢下腳步與我並肩走，他有些躊躇地說：「若是我的身分被揭穿，對你恐怕不好吧？」

我翻了翻白眼，沒好氣地說：「你在聖殿生活的這一個多月以來，難道還不懂嗎？我和審判只要聯手起來，就算比著蘋果說那是一顆番茄，那蘋果在光明神殿裡也就從此改名叫作番茄。」

別的地方不敢說，在光明神殿，我倆聯手還是無敵的，連教皇都無法拒絕太陽騎士和審判騎士聯手下的決定。

羅蘭皺著眉頭不說話。

「別擔心，就算你的身分拆穿了，最多也就是你必須被綁上火刑柱燒死。」我故意這樣說：「到那時，只要你願意被燒死，我絕對一點事也沒有，所以你願意答應我，如果你的身分被揭穿，就讓我綁上火刑柱燒死嗎？」

「好。」羅蘭立刻堅決地點頭。

我笑了笑，只要犧牲自己就能解決的事情，羅蘭一點都不會擔心，他最怕的只是連累他人，所以用這種說法最能勸服他不要擔心。

如果是審判就沒那麼好騙，他多半會繼續逼問我：那你願意對光明神發誓，到時真的會把我綁上火刑柱燒死嗎？

「好了，魔獄騎士長，你繼續教育你的副隊長和小隊員吧，太陽累了，想去休息。」

「好。」羅蘭慎重地點了點頭，嚴肅地說：「格里西亞——不！太陽，我對你發誓，一定會盡我所能做好魔獄騎士的職責！」

聞言，我鬆了一口氣，總算搞定羅蘭的事情，看來接下來有好長一段悠閒日子可以過啦！

結果沒輕鬆幾天，月蘭國就私下派使者來，這次甚至驚動到我國國王陛下，他特別關注光明神殿是不是和月蘭國有什麼祕密協定。

在十二聖騎士、國王特派騎士伊力亞和一堆皇家騎士的注視之下，月蘭國使者笑咪咪地拿出一大疊信件，說：「這信件是我國安公主殿下親筆所寫，要交給光明神殿的綠葉騎士。」

眾人盯著那疊信件，不但撒滿香水，厚度還像暴風手上的公文那麼厚，與其說是信件，其實更像一本書。

十二聖騎士紛紛笑了起來。

伊力亞搔了搔臉，原本肅穆以待的神色消失無蹤。

綠葉低垂著頭接下信件，臉紅得像是蘋果。

至此，月蘭國使者卻還不肯走，他對綠葉說：「安公主吩咐，務必讓我帶回您的回信，我們會在此等候。」

這時，綠葉的下巴已經快貼到胸前，他小小聲回答：「不用，我已經寫好了。」

在眾人的注視下，他從自己懷中掏出幾十封信件，厚度根本是兩本書，但上頭沒撒香水，估計原因是綠葉實在太窮了，沒錢買香水。

月蘭國使者心滿意足地拿著幾十封信件走掉以後，烈火第一個撲到綠葉身上猛捶他，狂吼：「綠葉，你這個臭小子，居然和公主好上了！」

「我的光明神啊！十二聖騎士第一個攀上公主的，居然是綠葉這個好人！」

其實第一個攀上公主的十二聖騎士是伊力亞。我默默在心中反駁，但連一眼都沒看向在場的伊力亞。

大地騎士恨恨地說：「世界變了，好人都有公主愛！」

孤月騎士流下兩行清淚，對著光明神標誌立志：「我發誓要當個好人！」

聞言，我眞是有夠委屈的。

我也是個好人啊！還是十二聖騎士之首，長得比綠葉帥，薪水也比他高，爲什麼全天下的公主只會罵我卑鄙無恥？

嗚嗚，我、我……只好去殿男專用走廊找個視野良好的窗口，看看隔壁光明殿的美女祭司，聊表安慰了。

我內心哭泣吶喊：「我要當一輩子的殿男！」

這時，審判走過來，跟我一起站在窗台前，盯著隔壁光明殿的走廊，好一會兒後，他終於開口說：「今天光明殿放假。」

「我知道。」

「那你在看什麼？」

「看心酸……」

我倆望著根本沒有人的光明殿走廊，審判開口說：「綠葉當初向聖殿求援的時候，曾經說過你的眼睛在施展起死回生術以後似乎出了問題。」

我一驚，聳聳肩說：「他太緊張了，難道我看起來像個瞎子嗎？瞎子還來看美女，那也太好笑了。」

審判淡淡地說：「那你告訴我，現在窗台上的那隻鳥是什麼顏色？」

我沉默了一下，謹慎地回答：「是白色的。」

良久，審判終於幽幽嘆了一聲。

「唉，格里西亞，你還打算繼續瞞我嗎？」

果然還是瞞不過審判。我苦笑了。

一開始，我用身體虛弱的理由在森流鎮躺了好幾天，看起來像在休息，其實是在拚命練習感知能力，那些天幾乎沒睡多少覺，直到練得幾乎毫無破綻，才假裝清醒過來。

後來跑去尋仇時，連愛麗絲公主、等陽和粉紅都沒發覺我瞎了。

接下來的日子我都努力在增進感知能力，甚至能靠著不同屬性拼出物體的細節形態——什麼？這話太文言文，你聽不懂？哎呀！簡單來說，就是我連衣服上有幾個鈕釦都可以感知得出來。

最後連人的長相都能大致拼出，甚至還可以感覺到對方做出什麼面部表情，我都快以爲自己沒有瞎了。

但無論如何，我都感知不出「顏色」這種東西，甚至分別不出美醜。

在山洞那時，愛麗絲公主哽咽地問我說她美不美，我還眞的不知道她漂不漂亮，在我的腦海中，她的形貌是各種不同的屬性組合出來的，完全脫離所謂的美醜範疇。

審判皺了下眉頭，說：「你沒跟我說起死回生術需要施術者付出這麼大的代價。」

「原本是不用付出這麼大的代價。」

我淡淡地說：「只是我在施展復活術的時候跟光明神祈求，我願意付出『任何代價』來換取綠葉的完全復活，你該知道，我一向愼重，絕不會賭那四分之一，我賭不起！」

審判沉默一陣後嘆道：「既然如此，那就別再自責綠葉的死了，你看著綠葉時，眼中總帶著歉意。」

想到綠葉躺在地上毫無聲息的模樣，我心中就是一陣刺痛，深深地說：「我以後再也不會拋下任何夥伴，絕對不會！」

審判搖頭道：「我會警告所有人，寧可跳崖死無全屍，也絕不准死在你面前，否則下次，你眞不知道會少什麼東西回來了。」

「……」其實就算跳崖，只要有半顆頭在，多半是可以救回來的，只是看我要付出什麼代價而已。

審判嘆了口氣，說：「你不能救所有的人，格里西亞，我希望你知道這點。」

「我知道。」但有些人不能不救。

我想，審判大約也猜出我沒說出口的話了，他沉默半晌，才又開口仔細詢問：「眼盲除了讓你看不見顏色，還有什麼影響嗎？」

我偏著頭思索，美醜這點大概不用提了吧？那也不重要。

我老實回答：「本來還有一些影響，但把感知能力練熟以後，現在幾乎沒有影響了，我能『看見』的東西比以前還多，視野幾乎是三百六十度，就只有顏色實在看不見。」

「說到這……」我忍不住好奇地問：「窗台那隻鳥到底是什麼顏色？」

審判淡淡地回答：「是白色的沒錯。」

「你騙我。」我面無表情地說。

「是，我騙你。」

審判毫無愧疚之心地點頭承認，還進一步威脅：「下次你若是再敢瞞我，不管是多機密的事情，我都會當著十二聖騎士的面揭穿你！現在，你最好先想想怎麼跟魔獄騎士長道歉，因爲我會告訴他，你的眼睛看不見了，讓他多注意你的安全。」

我欲哭無淚地求饒：「不要啊！這樣羅蘭一定會整天跟著我，他又不用睡覺不用上廁所不用吃飯——我的光明神啊！我才不要被一個男人整天跟著不放，我一定會瘋掉！」

「喂、喂！審判，你別走啊！聽我說，只要你不告訴羅蘭，我什麼都聽你的，雷瑟・審判～～」

十二聖騎的共同守則第三條

「不管太陽騎士看起來有多遜，
都不要觸碰他的逆鱗。」

「呀——」

大半夜，月蘭國的王宮中，愛麗絲公主的房間卻傳出尖叫聲。

安公主和一堆騎士急急忙忙衝進公主的房間，卻只見到愛麗絲跪坐在全身鏡的前方，捂著臉低垂著頭，一聽到有人進來，她激動地尖叫：「出去！通通出去！」

騎士們面面相覷，但見寢室中沒有其他人，他們看著安公主，後者點了點頭，示意騎士們先離開。

安走到姊姊身旁，小心翼翼地問：「姊，妳怎麼了？被蟑螂嚇到了嗎？」

愛麗絲只是搖著頭，一句話都不說。

見她如此，安覺得事態嚴重，有些急了，連忙說：「我去找人來幫忙……」

「別去！」愛麗絲急忙喊住妹妹。

安停下腳步，這也不行那也不行，真不知道該拿姊姊怎麼辦，她無奈地說：「姊，妳這樣讓我很擔心，不管怎麼樣，妳總是要告訴我發生什麼事，我該怎麼做嘛！」

聞言，愛麗絲慢慢放下手，一抬起頭來，她就看見妹妹驚訝的神色，然後她「哇」的一聲哭了出來。

安露出古怪神色，莫名其妙地說：「姊妳的臉怎麼變黑這麼多？白天不是還好好的嗎？」

愛麗絲啜泣著說：「我剛剛敷完臉，一照鏡子就發現自己居然黑成這樣，所以才忍不住大叫——我的臉啊！」

原來是變黑這麼點小問題，雖然確實是黑了一點，但也沒怎麼樣啊！安哭笑不得地說：「老早叫妳別那麼愛敷臉，看吧！敷出問題來了。」

「怎麼可能？我都照著配方做了啊！」

愛麗絲連忙把太陽騎士給的美白護膚配方拿出來給妹妹看。

「水草、焦土、泥巴、沙子、綠色甜椒，夜來香，爆炒以後，應敷上三個鐘頭。」

安看著那個所謂的配方，先是覺得這配方的材料眞夠詭異的了，姊姊心眞大，居然還眞的敢敷到臉上，接著更仔細一看後，安的表情更加古怪了。

她委婉地問：「姊，妳這配方是從哪裡來的？」

愛麗絲立刻回答：「太陽騎士給我的呀！他的皮膚眞的很好，又白又嫩的，不可能會有問題的！」

果然！安苦笑著說：「姊，妳試過把每一樣材料的第一個字唸過一遍嗎？」

愛麗絲一聽，連忙低頭看配方，唸出聲來：「水焦泥沙綠夜，爆應——誰教妳殺綠葉，報應——啊啊啊！」

巫妖被毀去身體，等陽差點被打死，想不到他居然連自己都不肯放過！

愛麗絲的尖叫聲繞王宮三日而不散。

「太陽騎士！你個卑鄙無恥、睚眥必報的混蛋小人！」

♣♣♣

綠葉滿心甜蜜地讀著安派使者送來的情書。

親愛的綠葉：

你上次說十二聖騎共同守則第三條：「不管太陽騎士看起來有多遜，都不要觸碰他的逆鱗」，真是再有道理不過了，因為姊姊的皮膚連敷上一個月的美白面膜，卻一丁點變白的跡象都沒有。

姊姊的情人因為被太陽騎士治療過的關係，傷勢不重，所以趕回渾沌神殿的速度很快，沒多久就來求婚了。

但姊姊在沒有變白以前，根本不敢見他，也不敢接受求婚，所以她現在是天天以淚洗面，但就算用眼淚洗臉，她還是白不回來。

唉！太陽騎士太可怕了！

綠葉，你要小心千萬不要觸碰到他的逆鱗，如果真的碰了，立刻逃亡到我這裡來，我讓麥凱把你藏進戰神殿，或許可以逃去一劫。

祝

永遠不要觸碰到太陽騎士的逆鱗。

愛你的安

《吾命騎士 vol.3 拯救公主》完

三十七代祕辛

當老師還不是老師

一陣特別急促的腳步聲從外面傳來。

夏佐正在房間梳洗，聽見動靜後，只微微一個抬眼，結束梳洗的動作，決定先穿上衣服再說。

一大清早就發生事情嗎？

幸虧他動作快，剛套完衣服，房門就被撞開來。

夏佐不禁開始思考自己的形象塑造是不是不太成功，作爲審判騎士，他的門卻不只一次被人踹開，同伴對他的態度實在不像是對待威嚴的審判騎士。

但話說回來，他們剛上任沒有多久，往後還有長遠的時間讓夥伴了解他，不急。

法爾著急地衝進來，只說出三個字：「是尼奧！」

果然是烈火騎士，夏佐的房門多半都是他踹開的，但沒人能怪烈火騎士踹門。

夏佐抬眼看了他一眼，隨即低頭繼續穿靴子，問：「情況如何？」

「他受了重傷！」

夏佐「唔」了一聲回應，繼續繫上腰帶。

法爾瞠目結舌，高喊：「你、你怎麼還這麼冷靜地穿衣服？」

夏佐慢條斯理地說：「我若是太陽騎士，肯定急著趕過去，但我是審判騎士，衝過去又能如何？」

雖然如此，法爾還是不能接受同伴受了重傷，夏佐還在磨磨蹭蹭，但他仔細一看，其實夏佐並沒有拖延，相反地，動作還十分快速俐落。

見狀，法爾也不說話了。

「帶路，邊走邊說情況。」

夏佐拿過衣架上的黑袍，披上後率先走出房間。

尼奧受重傷？夏佐覺得有些難以置信，到底是什麼人才能夠重傷尼奧．太陽？

法爾比了個方向，腳步急促地帶路向前衝，見狀，夏佐沒有喊對方，而是跟著邁開步伐跟上去。

法爾邊衝邊解釋：「汶說，早上的時候，神殿大門的衛兵嚇得像發瘋一樣衝進聖殿，他正好在附近。」

「汶比我還早起？」夏佐感覺不太合理，雖然目前的重點並不在汶身上，但身為審判騎士，聽到疑點就忍不住開口質疑了。

夏佐雖不是十二聖騎士最早起的那幾名，但汶絕對是最晚起的那幾名。

法爾尷尬地說：「他是沒睡，在酒館喝到早上才回來。」

夏佐不說話了，雖然他認爲堂堂綠葉騎士在酒館喝到早上，實在有點不像樣子，但他畢竟是審判騎士而非太陽騎士，要管到綠葉騎士的身上，似乎有點踰矩了，但要指望尼奧去管——尼奧本身就是個大酒鬼！

眼見夏佐臉色黑了一層，法爾連忙轉移話題說：「汶說他一被衛兵帶出大門就看見尼奧倒在階梯上，血流了十幾階，而且一動也不動，嚇得他酒都醒了，立刻出手揍尼奧幾拳，幸好尼奧有出聲，還沒死。」

「……」

法爾瞪大了眼。夏佐剛剛是不是……笑了？

「怎麼？」

夏佐一眼掃了過來，這眼冷得無愧於審判騎士之名。

「沒事。」法爾決定把剛才看見的景象吞下去爛在肚子裡，再次轉移話題：「尼奧似乎眞的傷得很重。」

「不是還能出聲嗎？」

太陽騎士的恢復能力到底有多強，夏佐早在多年實習騎士時期就有所了解。

法爾憂心忡忡地說：「他都被揍幾拳了，竟然還沒爬起來扁汶，這讓汶嚇死了，立刻把人扛去光明殿，沿路喊著『太陽要死了』。」

聞言，夏佐皺了下眉頭，但也沒打算再多問，因爲他們的目的地已經到了，多說無益，直接進去看看就知道。

一走進去就看見汶靠在牆邊，手上還拿著一只精緻的隨身小酒壺。

夏佐瞪視著酒瓶，汶苦笑著解釋：「裡面是我家那位給我煮的咖啡，她找不到別的瓶子，就把我的酒全倒掉，現在我的酒瓶裡裝的不是咖啡就是醒酒液。」

「你有位好妻子。」夏佐點點頭，說：「但注意形象。」

他沒忍住還是出聲提醒綠葉騎士，即使有些踰矩了。

汶點點頭收起酒瓶，比著室內唯一一張床鋪，說：「他們治療尼奧有一段時間了，我也不知道情況怎麼樣。」

多名祭司圍在床邊，聖光幾乎籠罩整張床，夏佐邁步走過去，但沒有走到床邊就停下腳步。

法爾正走在夏佐後方，這一停讓他猝不及防差點撞上去，正想問怎麼了，就看見夏佐低頭看著地上，他順著看過去，那是一件紅色的衣服——不！那是太陽騎士服！應該是白色的！

夏佐將衣服撿起來，長版的騎士外袍、中層的短褂和最裡層的襯衫，全都無一例外地被染成紅色，那刺鼻的血腥味提示著「染料」的原材料。

「祭司說要看清楚傷勢，所以我就把尼奧的衣服撕了。」後方傳來汶的解釋。

夏佐丟開衣服走到床邊，祭司們自動自發地讓出一個空位。尼奧雙眼緊閉，靜靜地躺在床上，臉色蒼白如紙，胸前赫然橫著一道刀痕，幸好在祭司們的努力之下，這傷已經開始收口結痂。

夏佐從未見過尼奧這麼虛弱的狀態，他突然可以理解汶爲何敢衝動地揍尼奧幾拳，多半是期盼對方會立刻起身，一臉沒事地回揍他幾十拳。

「尼奧……」法爾瞪大眼看著床上臉色蒼白的傢伙，簡直不敢相信這是尼奧。

這時其他人也紛紛趕到，人數太多擠不到床邊，但從縫隙中窺看幾眼不是問題，這一看，嚇得大家七嘴八舌起來。

「是誰竟然能重傷尼奧？」蘭碧・暴風喃喃：「難道是魔王誕生了嗎？否則還有誰呢？」

「肯定是魔王！」海塞斯・孤月臉色慘白地說：「我們這一屆這麼不幸地要迎來魔王了嗎？」

「沒聽說魔王誕生了啊……」

祭司們焦急地提醒：「病患需要安靜地休息！」

十二聖騎士卻沒有多少人聽進去。

見狀，夏佐回過身用眼神掃視眾人，沉聲說：「都出去。」

他底下的聖騎士是乖乖退出去了，但聽令太陽騎士的那一方可沒這麼聽話，一個個露出不情願的神色，有人甚至還有些防備夏佐，不肯離開。

夏佐危險地瞇起眼，他確實感覺到自己的形象塑造有點失敗，之前覺得這屆有個尼奧，實力強得足夠震懾人，自己並不須要太過強勢，但現在——他錯了！

汶開口解圍：「我會待在這，你們先出去吧，尼奧傷得挺重的，別在這裡吵——」

「誰傷得重了！」

熟悉的聲音響起來，眾人轉憂為喜，紛紛高喊：「尼奧。」

床上的人坐起身來，引起祭司一陣抗議，但抗議無效，還被不耐煩揮手要他們滾。

「通通滾出去！汶，連你也給我滾！你剛剛居然敢揍我！」

「哎呀！這哪算揍，我只是『輕輕』地『碰』你幾下，確定你還活著而已！」

汶開玩笑般說完，轉身前已經掩飾住擔憂的神色，輕鬆地對眾人說：「好啦，尼奧都下令了，我們就出去吧。」

等到眾人都離開，床上的人重新躺下來，微微一笑，沒事人般打招呼。

「夏佐，你不是很忙嗎？還有空留下來看我睡覺？」

夏佐沒理會他，靜靜地數著尼奧身上的傷口，胸口一道、左大腿一道、左右手三道和小腿兩道，背後不知道還有沒有傷口。

數完，他才問：「怎麼受傷的？」

尼奧不在意地說：「不就打了一架，哪有什麼。」

「和誰？」見尼奧不怎麼想回答，夏佐立刻補充說：「你若殺了人，現在不先跟我交代，之後變成謀害案報到我這裡來，我會很難處理。」

「不會變成謀殺案。」尼奧聳肩說：「那是個盜賊團，全部被我殲滅了，我還是第一次砍人砍到煩，累死人了，我先睡一覺。」

「你為什麼突然對盜賊團有興趣？」

夏佐十分不解，葉芽城畢竟是首都，就算是為了面子也不會容許首都附近有盜賊團，最近的恐怕得翻過幾個山頭去找，尼奧怎會沒事突然跑這麼遠去殲滅盜賊團？

「我睏了。」尼奧翻過身背對夏佐，顯然完全不想說明。

背上還有一道大傷口，共八道。夏佐沉下臉，這才離開房間，不出他意料之外，所有人都在外頭等待，根本沒有離開。

他環顧眾人一周，詢問：「有誰知道我們的太陽騎士失蹤數日到底是去哪裡了？

他的副隊長呢？叫人過來報告！」

汶立刻回應：「太陽沒有選副隊長。」

夏佐一怔，不解地問：「爲何還沒有選？他和自己的小隊員相處不佳嗎？」

「呃，不是。」法爾尷尬地解釋：「太陽是說反正那二十幾個隊員都可以用來指使，選不選副隊長都沒有關係。」

夏佐揪緊眉頭，打從選完審判小隊員後，他忙著與隊員磨合，加上必須完整交接審判騎士事務，迎接正式接任的到來，這兩、三年確實事務繁重，所以許久沒「好好關心」自己的太陽騎士，但沒有想到尼奧居然連副隊長都還沒有選出來！

「夏……審判，到底是誰傷了尼奧？」

繼任不久，稱呼還有些改不過來，但眾人看見夏佐越來越嚴酷森冷的臉色，不禁由衷覺得該認眞改口了。

夏佐沒正面回應，只是說：「尼奧身上有八道刀劍造成的傷口。」

眾人沉下臉，汶冷笑了一聲，問：「誰砍的？」

「他說是一個盜賊團。」

法爾怒吼：「盜賊團竟敢傷光明神殿的太陽騎士？出兵滅了！我現在就去召集軍隊——」

「尼奧說他已經滅了。」

眾人鬱悶了，正想去尋仇，卻發現仇人已經被碎屍萬段，有個實力太強的太陽騎士真是讓他們想尋仇都沒有對象。

夏佐淡淡地說：「將太陽小隊叫過來。」

汶不解地問：「叫太陽小隊做什麼？你要調查嗎？但說不定尼奧只是迷路正好遇上盜賊團，你也知道他是個路痴——」

「就因為尼奧是個大路痴！」

夏佐打斷對方的話，怒吼：「所以他絕對不會隨便出城，還走得那麼遠，一定是城內發生什麼事，讓他氣得甚至願意為此出城，而且肯定有人帶路，不然他就不是失蹤幾天，起碼是以『週』起算！」

這話有道理！對於尼奧的路痴程度，眾人再了解不過，畢竟大夥從小就常出動在葉芽城大街小巷撿尼奧，但目前那些都不重要，重要的是——夏佐竟然吼人？

雖然夏佐是審判騎士，他也確實一直保持著審判騎士的威嚴，從來沒有笑容，但這屆有個叫作尼奧的太陽騎士，實力和暴力的程度都高得嚇人，相比下來，夏佐實在算是溫文儒雅的。

更何況夏佐向來冷靜自持，從來不曾失控，甚至不怎麼在外面出手戰鬥，也只有不明就裡的民眾會懼怕審判騎士，但光明神殿的人其實知道這屆審判騎士性格並不嚴酷。

但現在，溫文儒雅的審判騎士居然也吼人了？

在眾人以為夏佐終於要被尼奧氣得失控的時候，他卻又恢復到平靜的面容，讓大家懸著的心放下來。

「不能再讓我們的太陽騎士有機會莫名其妙地跑去殲滅盜賊團，還被人砍八刀回來，大家同意嗎？」

聽到這話，又見夏佐已經冷靜下來，所有人當然都是點頭同意。

見眾人點頭，夏佐立刻開始下令：「汶，你立刻把太陽小隊帶過來，我只給你十分鐘！」

汶連回應的時間都沒有，立刻扭頭離開去找人。

「法爾，你說要調集軍隊，現在就去調，教皇若有意見，讓他來找我。」

夏佐用平靜的神色看著眾人，說：「在尼奧能夠到達的地方，不能存在任何盜賊團，明白嗎？同意嗎？」

——不，夏佐一點都不平靜！

太陽騎士躺床，審判騎士發飆，這還能不同意嗎？眾人只有猛點頭表示同意。

♣♣♣

看著排排站在面前的太陽小隊，夏佐的臉色越來越往下沉。

有資格加入十二聖騎士小隊的聖騎士都經過精挑細選，尤其是太陽騎士小隊，若不是實力高超，至少也有某方面過人的專長，才有可能成爲聖殿之首的小隊員。

所以，現在站在他面前，這群懶懶散散的傢伙是怎麼回事？

夏佐的眼神掃過這些隊員，他甚至認得其中幾人。

上一任的審判騎士，也就是夏佐的老師，並不是個專制的人，在決定學生的小隊員人選之前，曾經送來名單讓夏佐過目，但也先說明過不一定搶得到，只讓他挑出最想要的人選，然後老師會盡力去爭取到那幾個。

夏佐就在太陽小隊看見一名當初他請老師極力爭取的人，原本還打算爭取到以後試用一段時間，就讓對方當副隊長，可惜對方實在太過熱門，被上一任太陽騎士先一步挑走了。

當初的熱門人選現在卻成這副模樣，夏佐感到有些憤怒，微瞇起眼睛，他記得對方叫作……

「青黎。」

站在中央的聖騎士一愣，站出來一步，回應：「在！」

回答得倒是迅速，雖然夏佐仍感覺不夠滿意，但對方在一群懶懶散散的聖騎士中算是比較有紀律和精神的了。

他危險地瞇起眼睛問：「你知道太陽騎士長的事了嗎？」

青黎瞪大眼，終於有些緊張地說：「太陽騎士發生什麼事情？」

其他成員聽到這話也紛紛投來關注的目光，終於端正姿態，不似剛才那般懶散，雖然如此，夏佐卻還是十分不悅。

太陽騎士？這些小隊員稱呼自己隊長的方式竟和一般民眾相同嗎？

「太陽騎士長重傷回到聖殿。」

眾人完全反應不過來，想著「ㄓㄨㄥˋ傷」兩個字是什麼意思，難道有人放話中傷太陽騎士嗎？

思來想去繞了不知幾個彎，眾小隊員就是沒辦法把太陽騎士「尼奧」和「重傷」兩個字連結在一起。

「經過祭司治療後，太陽騎士長目前已經沒有大礙，所以我找你們過來詢問，有人知道尼奧今天的行程嗎？」

這種事情應該由副隊長直接報告，但尼奧竟然至今沒有選副隊長，夏佐只好詢問所有小隊員。

是「重傷」！眾人立刻嚇得腦中一片空白，太陽騎士竟然會受到重傷？居然有人能傷他？

夏佐不耐地低吼：「回答我！尼奧今天去哪了？」

眾人更是驚嚇了，無敵的太陽騎士重傷，被公認性情溫文的審判騎士卻在暴怒……光明神啊！今天到底是什麼日子？

夏佐一個眼神掃過去，銳利如刀鋒，這時，眾人早已拋開懶散的姿態，站姿筆直，但即使多想立刻回答審判騎士的問題，仍舊沒有人開口。

夏佐只有看向青黎，就他想來，既然對方當初是最熱門的人選，十之八九也應該是太陽小隊中的得力助手，知道的事情或許比較多。

青黎不知爲何自己會變成審判騎士注目的目標，甚至還被喊出名字，但既然已經被盯上，他也只有硬著頭皮回答。

「太陽騎士只命令我們處理公文，其他方面從沒有下過任何命令。」

青黎躊躇了下，補充說：「太陽騎士曾說過：『小事不要去煩他』，所以我們只有遇上太過重大的公文、須要請示，才會去見太陽騎士，根本不知道他最近的行蹤。」

話一說完，他猛然看見審判騎士的臉沉下去，溫文氣質蕩然無存，反而變得有點、有點——宛如傳說中嚴酷的審判騎士。

「我們這幾年的工作內容就是批改公文，做完就沒什麼事，太陽騎士也沒有其他的命令，所以……」

青黎越說，審判騎士的臉就越黑，看得眾人心驚膽戰。

「你跟我走。」

夏佐先是指著青黎，下完令後又隨意比一個人說：「你去找我的副隊長，讓他立刻到光明殿來見我，其他人……」

他深吸了一口氣，怒吼：「身為太陽騎士小隊，你們的紀律竟如此渙散！雖然太陽騎士不曾約束過你們，但你們竟就此放縱自身了嗎？這樣還敢稱自己是太陽小隊的隊員嗎？」

眾人面露慚愧之色，雖然懶散幾年，而且也不是他們自願懶惰，而是太陽騎士根本沒派工作給他們，但他們畢竟原本都是聖殿的菁英，面對夏佐的指責，仍舊感到愧疚。

夏佐的眼神一個一個掃過去，低吼：「通通到審判所去！」

眾人倒吸一口氣。

「找我的隊員們，和他們一對一練習劍術，聽見了沒有？」

「是！」眾人異口同聲地喊。

夏佐在心中點了點頭，這才感覺這些人有點太陽小隊的氣勢，他領著青黎，轉身離去。

雖然審判騎士已經離開，但眾人卻仍站在原地不敢動彈，呆站好幾分鐘後，這才漸漸有人開了口。

「差點以爲要被關進審判所了！」

「嗚，被關算什麼！我還以爲會被綁到刑架上拷問啊！」

其中一人安慰地說：「是我們誤會了，審判騎士只是讓我們去練劍術而已。」

有人嚇得直拍胸膛：「練劍術就練劍術，臉色幹嘛那麼可怕啊！嚇得我差點以爲自己要被踢出神殿了。」

「你在說什麼呀，審判騎士本來就不會有好臉色。」

「說的也是，果然是誤會一場，難怪大家都說這一任的審判騎士沒那麼可怕，太陽騎士才是最強的……」

夏佐領著青黎來到光明殿，尼奧休養的房間，但對方卻沒有在休息，反而正在擦拭太陽神劍，這讓夏佐皺了眉頭，不確定尼奧只是閒來無事擦個劍，或者是因爲接下來要使用它，所以才進行保養呢？

夏佐瞇了瞇眼，將此事列爲第一要弄清楚的事情。

尼奧抬起頭來，不意外再次看見夏佐，但在看見另一人時，他露出疑惑的神色。

「他是誰——喔，我的小隊員。」

你連自己的小隊員都沒辦法第一時間認出來嗎！

夏佐深呼吸再深呼吸，努力平穩心情後，才開口說：「尼奧，你受了傷，這段時間就好好休養吧，但太陽小隊在這段時間不能沒有人領導，就趁現在挑一個副隊長幫忙處理隊務。我選了一個來，你看他可以嗎？」

聽到審判騎士的話，青黎驚訝得手足無措，沒想到竟會提到副隊長一職，雖然他原本也打算爭取這個職位，但後來見到太陽騎士時，對方根本就沒有選副隊長的意思，久而久之，他也就放棄了。

「副隊長？選不選有關係嗎？」尼奧不怎麼在意地說：「隨便吧。」

「那就挑他吧。」夏佐不動聲色地說：「他叫青黎，今後就是你的副隊長了。」

尼奧可有可無地點了點頭。

「隨便」就當上副隊長，青黎眞不知該做些什麼反應，呆愣愣站在床邊看著兩位聖殿的領頭人物商議事情。

夏佐拉過椅子坐下來，拿起水果籃中的蘋果開始削皮，慢條斯理地說：「你的劍術如此高超，但底下的太陽小隊卻連我的審判小隊都打不贏，倒是讓我十分驚訝。」

聽到這話，尼奧一個瞪眼，怒說：「我的小隊打輸你的小隊？真的？」

「真的。」夏佐微微一勾嘴角。

青黎瞪大眼，不敢置信地看著夏佐，但他沒來得及質疑對方說謊，自家隊長就怒不可遏地狠瞪他，低吼：「你們竟敢打輸審判小隊？」

「沒——」

話還沒說完就被審判騎士打斷，夏佐一揚眉，問：「你們打贏過我的審判小隊嗎？」

「沒、沒有……」是根本沒打啊！

尼奧不敢置信地吼：「一次都沒贏過？」

面前是怒火沖天的太陽騎士，但太陽騎士的後面還有冷眼警告的審判騎士，青黎覺得自己寧可立刻去見光明神，也不想面對祂底下的太陽和審判騎士雙重壓迫。

「……一次都沒贏過。」

最終，青黎選擇屈服在審判騎士的警告之下，安慰自己並沒有說謊，只是省略根本沒有打過的事實。

尼奧氣得連話都說不出來：「好好好……」

「同樣都是聖騎士，互相切磋之下，打輸也不是什麼大不了的事情。」夏佐把削好的蘋果遞給尼奧，說：「等你的傷好了，再教教他們劍術吧，你好歹也被譽爲劍術超絕的太陽騎士，你的小隊員太弱也不太好看。」

「我的小隊員太弱……」尼奧咬著牙說：「放心，我會在最短時間內讓他們成爲最強！叫你的隊員給我等著他們上門『切磋』！」

夏佐點了點頭答應：「好，我會傳達給他們，但不管你之後要做什麼，現在還是多多休息吧！對了，這段期間，你的小隊能不能先借給我用呢？最近城裡有些案子，我的隊員似乎忙不過來，需要人員支援，所以讓你的小隊聽我的命令行事可好？」

尼奧瞪了青黎一眼，忿忿地說：「通通借你！給我盡量用！最好讓他們忙得連吃飯的時間都沒有！」

夏佐微微一勾嘴角，說：「沒問題。」

他轉頭看著青黎，說：「你之後就聽我的命令，太陽騎士也沒有異議，你聽見了嗎？懂了嗎？」

青黎聽見了，也懂了，他低下頭，完全明白了。

「是！」

尼奧一怔，感覺似乎有哪裡不對勁。

「夏佐你——」

「喔，對了，繼續上次的話題，你到底爲什麼會跑出城去殲滅盜賊團？大家都等著你的解釋。」

「……我累了，想睡覺，你們出去吧！」

夏佐嘆了口氣，站起身來。

「好吧，既然你不想說，我今後不會再問你這件事了。」

他會自己查出來！

「審判騎士長，諾禮在此聽令。」

走出房門，夏佐就看見自己的副隊長諾禮已經在門外等著了，對方站姿筆直，即使面對上司，姿態也不卑不亢。

雖然當初諾禮不是夏佐最想要的人選，但事實證明，後天的教導可以彌補先天的不足，但相對地，後天的怠惰也會毀滅先天的優勢。

回頭看看現在的青黎，再看著諾禮，夏佐覺得自己的副隊長全面性勝利！但他並不因此感到高興，這任十二聖騎士有小隊員的時間才沒有幾年，尼奧就把菁英變成廢物了。

夏佐十分想告自己的太陽騎士一條暴殄天物罪。

「太陽騎士有令，今後太陽小隊必須聽從我的命令，你領著他們去徹查城內和盜賊團有關的訊息，若哪條訊息有太陽騎士插手的痕跡，務必追查到底！」

「是！」諾禮應下，見審判騎士沒讓自己離去，他也沒有擅自離開，默默地站在一邊。

夏佐轉向青黎，理所當然地說：「你剛才也聽見是太陽騎士親自下的令，今後你得聽我的命令。」

「是。」青黎無奈地說。

「現在你先跟著諾禮去追查消息，等之後尼奧的傷勢好了，你必須寸步不離他的身邊，如果他故意甩開你，你至少要知道他的去向，然後立刻來向我報告。」

聞言，青黎躊躇再三，還是開口說：「我是太陽騎士的副隊長，不是您的副隊長！就算太陽騎士有令，我必須聽從您的命令，我也不能違抗太陽騎士！」

不錯，還算有點骨氣。夏佐淡淡地說：「審判騎士就是要輔佐太陽騎士，在這點上，你沒有意見吧？」

「……沒有。」

「所以你向我報告太陽騎士的狀況，讓我可以做出『最好的輔佐方式』，這點有

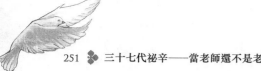

什麼錯誤呢？」

聞言，青黎眞有點混亂了，「但、但是，我……」

「諾禮。」夏佐淡淡地說：「這是青黎，他剛成爲太陽小隊的副隊長，還有很多不明白的地方，你教教他該怎麼當一個稱職的副隊長吧。」

諾禮微微一笑，說：「沒有問題，審判長，給我半個月時間，我會讓他徹底明白。」

……徹底明白什麼？

青黎渾身發冷。到底是誰說這屆最強悍、最讓人害怕的人是太陽騎士？

♣♣♣

「報告審判騎士長，目前只調查出太陽騎士在失蹤前曾經來過這附近，其他就查不出來了。」

青黎硬著頭皮報告，感覺自己離上刑架的日子不遠了。

夏佐皺緊眉頭看著眼前的小巷弄，這裡已經不是葉芽城的大街，離光明神殿也有段距離，但他並不奇怪尼奧爲什麼會來這裡，他們的太陽騎士向來是個大路痴，出現在葉芽城的任何地方都不奇怪。

雖然尼奧總是嘴硬聲稱他在逛街，但大家都知道真相是什麼，集合開會若想要尼奧順利抵達，最好從三天前就派人跟著他，然後在開會當天直接領過來。

夏佐沉吟了一陣後，對青黎說：「我們進巷弄，等等由你開口問人附近有誰見過金髮藍眼白膚的人來這裡，別直說是太陽騎士，尼奧或許不是穿著太陽騎士服過來。」

像尼奧這般顯眼的人，應該會有人有印象。

夏佐站在不遠處，看著青黎詢問一個個居民，如果可以，他倒是想自己詢問，才能從話中找出細節，但他一身黑衣，加上不苟言笑，一般人看了就先起三分戒心，實在不是問話的好材料——除非地點是審判所。

青黎接連問了幾個居民，不少人對尼奧有印象，畢竟這裡少有那麼亮眼的人前來，但大家都是看見而已，沒有實際跟那人交談。

好不容易，他才問到一則似乎有用的訊息。

「那個人好像跟華麗絲講過話，就希爾家的女娃兒，她家就在街角那裡，可憐啊這孩子，先是沒了父母，現在又……」

一得到這訊息，青黎扭頭看夏佐，後者示意他過去街角的那戶敲門。

剛敲完門，一個女孩打開門，怯生生地站在門後，不解地看著青黎，對方年紀看起來不大，大約十五歲上下。

還這麼小，應該不會是隊長傳聞中那滿天下的情人之一吧？青黎滿腦子胡思亂想。

「妳好。」青黎見女孩帶著謹慎和懼怕的表情，語氣儘可能放溫柔地說：「請問妳是華麗絲吧？」

對方點了點頭。

「我是光明神殿的聖騎士，正在調查一件事情，請問妳最近有沒有和一個金髮藍眼的男人交談過呢？」

華麗絲遲疑了一下，還是回答：「有。」

「請問你們說了些什麼？」

對方沒有再回答，只皺眉看著他，而且似乎很想把門關上。

青黎立刻脫口說：「那個人是我的隊長，他最近突然受重傷回來，卻什麼都不肯說，我們只是想知道發生什麼事，免得他又一個人去做什麼，如果再次受傷呢？」

說到這裡，青黎愣了一愣，這才發覺自己說了什麼話，原來自己不是真的毫不在意最近這幾年的「悠閒生活」，即使他和其他太陽小隊的成員平時總說比起別的小隊，他們的日子當真輕鬆愜意得不得了。

確實是悠閒得不得了，但也無趣得不得了……

青黎有些失落地說：「隊長什麼都不肯跟我們說，我們這些隊員就像沒有一樣。其實也不是完全沒用，我們至少還有『改公文』這個用處。」

他有些自嘲地說。

聞言，華麗絲終於不再戒心重重，還安慰他說：「不要難過，那個人看起來就不是一個會跟人商量事情的人。」

青黎感激地看了她一眼。

華麗絲回憶道：「我那時蹲在門口哭，那位哥哥路過，問我為什麼哭，我告訴他，我弟弟不見了。」

「怎麼不見的？」青黎有些意外，他沒想過自家隊長竟會搭理路邊哭泣的女孩，尤其她才十五歲，顯然有點低於隊長的「守備範圍」。

華麗絲嘴一癟，眼淚掉下來，說：「他在門外玩的時候被壞人抱走了，我從窗戶看到後追出去，可是怎麼樣都追不上，他就這麼不見了，那是我唯一的弟弟！」

見她淚流滿面，青黎有點不知所措。

「那個壞人的衣著樣貌如何？」

華麗絲抬起頭，入眼一片漆黑，她嚇了一大跳，後退一步立刻把門「砰」的一聲大力關上。

「……」

青黎看向審判騎士長，後者冷冷地說：「還不敲門。」

青黎連忙敲門解釋：「他不是壞人，是審判騎士——」

門後傳來小聲尖叫，過了好一陣後才緩緩打開一條縫，門後的人只露出半張驚恐的臉。

華麗絲小聲說：「那個壞人穿的衣服有點不太合身，腰間還掛著刀子。」

「小腿上有綁東西嗎？」夏佐仔細詢問。

華麗絲一怔，一把拉開門，驚呼：「你和那個哥哥問的問題一樣！有，他的腿上有綁很多帶子！」

「嗯，是山裡的強盜之流。」夏佐淡淡地說：「穿著不合身是因爲他們的衣物許多都是搶來的，在山間行走須要綁住褲腳，以免鑽進蚊蟲甚至水蛭。」

眞相出來了，原來尼奧是聽到華麗絲的事，才會莫名其妙地跑出城去殲滅盜賊團。

「你們可以救回我弟弟嗎？」華麗絲用期望的神色看著兩人，問：「那個哥哥叫我別擔心，弟弟一定會回來，這是眞的嗎？」

青黎不知道該怎麼回答，太陽騎士是回來了，但是華麗絲的弟弟顯然沒有回來，這是否代表……

「你口中的哥哥是光明神殿的太陽騎士。」夏佐沉聲說：「太陽騎士說妳的弟弟會回來，他就會回來！難道妳竟敢懷疑太陽騎士說的話嗎？」

雖然華麗絲有些怕審判騎士的冷臉，但此刻內心充斥的是希望而非害怕，她流下兩行淚卻笑著說：「不敢懷疑！我弟弟一定會回來。」

離開巷弄，青黎擔憂地低聲說：「審判騎士長，你說這種話好嗎？那個孩子可能都不知道被賣去哪裡——」

「尼奧不會放手的。」夏佐一口打斷他的話，篤定地說：「他向來不知道放手是什麼意思，既然他跟那個女孩說了這話，那他就會一路追下去，直到她的弟弟回家爲止！」

是嗎？隊長是這樣的個性？青黎低垂下頭，有些失落地說：「我確實不夠了解隊長。」

夏佐再次起了想痛罵尼奧的心。

「既然如此，這是你們該好好把握的機會，向你們的太陽騎士證明太陽小隊是有用的！你們不是只能被派去替他改公文，而是可以做更重要的事情！」

青黎猛然抬起頭來。他們可以做更重要的事情……

是呀，當初被挑去輔佐太陽騎士時，他的心中明明想著不管再怎麼艱辛困難也無所畏懼，到底是什麼時候變得這麼「輕鬆愜意」？

這不是他想要的！

「是，我們會向隊長證明！」

看著對方堅定的眼神，夏佐滿意地點了點頭，這才是他當初想爭取的菁英。

♣♣♣

叩叩——

敲完門，房內傳來詢問：「誰？」

「我是青黎。」

「……誰？」

青黎默默把悲傷吞回肚中，再次說明：「您新上任的副隊長。」

「喔，進來吧。」

一進房內，尼奧正躺在床上，他上下打量青黎，帶著點興味地問：「夏佐爲什麼選你當我的副隊長？」

青黎老實地說：「報告太陽騎士長，我不知情。」

尼奧摸著下巴，倒也不意外。「不知道嗎？算了，以夏佐的個性，多半是你在聖殿的評比最好吧。」

青黎一怔，他當年的評比確實不錯，原來審判騎士長選他當副隊長是這個原因嗎？

尼奧感覺無所謂，反正他對青黎的印象也比對其他小隊成員更多，因為對方是劍術最好的那一個。

「有個副隊長也行，反正就和以前一樣，你就把公文帶回去分——」

又是公文！青黎一個咬牙，硬著膽子打斷太陽騎士的話。

「隊長，我擬了一份計畫。」

尼奧一怔，不解地問：「什麼計畫？誰讓你們做什麼計畫？夏佐嗎？」

「是我自己做的計畫！」青黎堅定地說。

尼奧張了張嘴，看著自己的隊員露出完全不同於以往的堅定神情，他竟有些說不出反駁的話來。

「你說吧。」

至此，尼奧是真有點好奇了。

聞言，青黎鬆了好大一口氣，走到床邊，一邊展開地圖一邊解說。

「隊長，我對國內的盜賊團進行調查，發覺國內竟有接近二十個大大小小的盜賊團，這些是他們可能藏匿的地點，我認爲這對忘響國的治安來說，實在是莫大的恥辱，對國人危害也甚深，所以我希望能將這些盜賊團徹底殲滅！」

「盜賊團……」尼奧沉吟地說：「我懂了，果然是夏佐吧？你和他去查出我爲何去殲滅盜賊團了？」

青黎一怔，而這表情已經告訴尼奧答案了。

尼奧皺了皺眉頭，隨後卻是一笑，說：「就知道夏佐他們不會這麼簡單就算了，要是其他人躺著回來，我也不會當作沒事發生。」

說完，尼奧抬起頭來看著青黎，果斷說：「要怎麼做，你就說吧。」

尼奧願意聽，青黎心中有說不出的激動，立刻開始說明：「盜賊團有接近二十個之多，如果要一一攻克，過程勢必會讓其餘盜賊團有所警覺，他們會躲得更深更難找，所以我們可以與王宮商議，結合地方守備軍及神殿分部，分路進攻，一次攻克多處，在消息尚未傳開之前再進行第二次、第三次出征，讓他們連轉移的時間都沒有。」

尼奧點了點頭，說：「聽起來不錯，我就是不擅長這種東西。好！你就去安排吧，記得讓我領軍就是了，總之你就把我當衝鋒陷陣的棋子用。」

「我怎麼敢把您當棋子！」青黎大驚地說：「太陽騎士長，我沒有那個意思！」

「什麼意思不意思？」尼奧不耐地說：「少跟我說廢話！你到底要不要殲滅盜賊

團？」

「當、當然要！」青黎連忙說。

「那就去擬你的計畫，到時記得讓我領軍，告訴我該做什麼事情就好。」

感覺這樣好像反過來了吧？青黎覺得自己的腦袋有點混亂。正常來說，不是該由太陽騎士做好計畫，讓他們這些小隊員去做嗎？

「喔，對了！」尼奧突然翻身下床，咬牙說：「上次夏佐說你們打輸審判小隊是吧？現在跟我走，練劍去！」

見狀，青黎連忙說：「隊長您還在休養啊！我們會努力練劍，請您留在床——」

尼奧低吼：「休養什麼啊！我已經好了，躺到渾身都在發癢！」

「但是審判騎士說——」

尼奧突然一個靠近，逼問：「你到底是我的副隊長還是夏佐的？」

「我當然是您的副隊長！」

尼奧的嚴厲眼神讓青黎嚇得立刻回答，但卻因爲對方靠得很近，他注意到尼奧的臉色比以往蒼白許多，根本不是嘴裡說的「已經好了」。

發覺這點，青黎突然平靜下來，太陽騎士的眼神依然嚴厲，但他更在意的是「蒼白臉色」。

「好！」他點頭說：「那隊長請您在這裡稍等一下，我先去召集小隊員，等他們在訓練場整好隊伍，我再來請您過去教導他們。」

「不錯。」尼奧滿意地點了點頭，突然發覺有個副隊長也挺不錯的。

離開房間後，青黎的腳步又急又快，因爲他得召集所有隊員，還有——去審判所報告。

太陽騎士長，我聽您的，但您下令要我聽審判騎士的，所以我聽審判騎士的。

〈當老師還不是老師〉完

後記

第三集算是滿轉折的一集，對格里西亞這個人的觀感轉折。

因爲之前第一、第二集中，格里西亞基本都在聖殿活動，內心滿滿搞笑吐槽，還各種被人吐槽他的劍術很差，彷彿他眞是一個沒啥實力光靠陰謀詭計的太陽騎士了。

但在本集中，格里西亞終於認眞出手！還一度眞的打算送闇騎士和公主一起去見渾沌神，總算讓大家眞正見識到爲何聖殿沒人敢觸太陽騎士的逆鱗。

這集也顯示格里西亞的魔法實力其實相當高啊！連上百歲的艾崔斯特都甘拜下風。

格里西亞以前只是不懂魔法而已，開始理解以後幾乎是毫無障礙地使用魔法。

這當然是爲後續埋下大大的伏筆，不過，對於已經讀過舊版的讀者們來說，早就知道怎麼回事了吧XD

但重讀一次看到這些伏筆時，不知道大家會不會有額外的感想呢？

其實還有更多十二聖騎士這麼信服格里西亞的原因，這些都陸續在各式各樣的番外篇中補充了，尤其是幼年小騎士時期的番外篇。

格里西亞眞的是爲小夥伴們付出很多心力，才有這麼支持他的十二聖騎士。

本集最後特別收錄御我以前寫的番外篇，這篇〈當老師還不是老師〉的番外篇之前只有在網路連載，還是頭一次刊載在書上。

三十七代聖騎士的相處模式又和三十八代完全不同了，每一代聖騎士都有自己獨特的一套，感覺眞的很有趣！

接下來還會有更多番外篇可以讓大家窺見《吾命騎士》世界更多的故事和細節補充，希望大家會喜歡這些細節與分支故事！

補充說明，有讀者提出第二集中，太陽說過羅蘭和他的生日只差一個月，但是實際看見人物設定中的生日並不是相差一個月。

是這樣的，太陽認知的「生日」，其實是孤兒院撿到孩子後，照慣例就以那天爲生日，並不是他眞正的生日日期喔，太陽並不知道自己眞正的生日。

但大家在人設頁看見的是眞正的生日日期，是御我特別跟光○神商議，爲了新版贊助的正確日期！

這應該在上一集的後記解釋，但我沒特別意識到這點，直到有讀者詢問才後知後覺，所以在這邊補充解釋一下。

原始後記

如果各位是在看故事前就先翻到後記，那麼，御我在此提醒，這次後記中有提到故事內容，所以請先看過故事內容後，再看後記，感謝。

這集中，御我做了非常爆炸的一件事——我把主角太陽弄瞎了。

但最重要的是，我卻是在故事的最後才眞正告訴大家，太陽眞的瞎了。

其實，在故事中，當他復活完綠葉，從昏倒中醒來後，就沒有看見過任何東西，這在文字描述上還眞是一大難題，不過難歸難，御我自己卻寫得很高興，同時，還一邊寫一邊思考，不知道讀者到底看不看得出來，太陽其實已經瞎掉了呢？

其實有很多地方都可以看出太陽看不見東西，由於故事是第一人稱，所以大家可以從太陽最後說的話，他拚命學習感知的進展，來尋找描述上的蛛絲馬跡。

嘿嘿，御我眞是太好奇了，到底有多少讀者在看到最後太陽承認自己瞎掉之前，就已經確定太陽眞的瞎掉了呢？

接下來就是重頭戲了，人氣角色投票結果出爐囉！

第一名：格里西亞．太陽

御我講評：主角就是主角，第一人稱的故事主角還沒拿下第一名的話，我看你乾脆升天去光明神面前懺悔算了。

第二名：雷瑟．審判

御我講評：又酷又帥又有智慧又可以負責講解（揭穿）太陽的詭計，連作者都愛你。

第三名：羅蘭．魔獄

御我講評：雖然死了，不過，愛是不分活人和死人的。

第四名：寒冰騎士

御我講評：啥？我在吃藍莓派，等等呢！

第五名：亞戴爾

御我講評：盡忠職守一定會有回報的，就算以後過勞死，現在也先立了牌坊，可以瞑目了。

御我

The Legend of Sun Knight

吾命騎士 vol.4

下集預告

驚爆！光明神殿的太陽騎士失蹤了！

葉芽城報紙迎來許久不見的驚爆頭條。
審判騎士面黑如鍋底，
十二聖騎士紛紛離開光明神殿，尋找聖殿之首的下落。

此時，某位失憶人士發出靈魂三拷問。
我是誰？我在哪裡？我在做什麼？

失去「聖騎士身分封印」的太陽騎士到底能做出什麼大事來。
眞令人害怕又期待……

~2024 敬請期待！~

國家圖書館出版品預行編目資料

吾命騎士. 3, 拯救公主 / 御我 著.——初版.——
台北市：魔豆文化有限公司出版 :蓋亞文化有限公司發行，2024.05
面；公分.——（Fresh；FS225）
ISBN 978-626-98319-2-0（第三冊：平裝）

863.57 113005049

fresh FS225

吾命騎士 vol. 3

作　　者　御我
插　　畫　J.U.
封面設計　莊謹銘
責任編輯　林珮緹
總 編 輯　黃致雲
發 行 人　陳常智
出 版 社　魔豆文化有限公司
發　　行　蓋亞文化有限公司
地址：台北市103承德路二段75巷35號1樓
電話：02-2558-5438　傳眞：02-2558-5439
電子信箱：gaea@gaeabooks.com.tw
投稿信箱：editor@gaeabooks.com.tw
郵撥帳號 19769541　戶名：蓋亞文化有限公司
法律顧問　宇達經貿法律事務所
總 經 銷　聯合發行股份有限公司
地址：新北市新店區寶橋路二三五巷六弄六號二樓
電話：02-2917-8022　傳眞：02-2915-6275
港澳地區　一代匯集
地址：九龍旺角塘尾道64號龍駒企業大廈10樓B&D室
電話：+852-2783-8102　傳眞：+852-2396-0050
初版一刷　2024年 5月
定　　價　新台幣 290 元
Published and printed in Taiwan

ISBN 978-626-98319-2-0

魔豆

魔豆